おとめ妖怪 ざくろ

~真赭《まそほ》の章~

小説 揚羽千景

リリィ

JN263064

目次

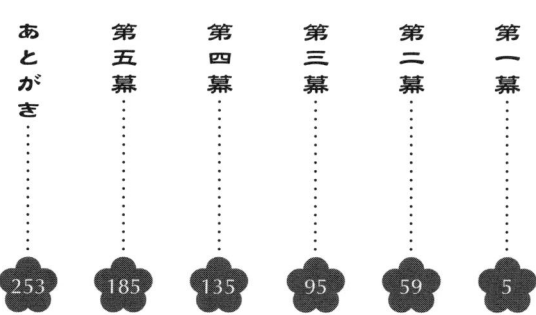

イラスト／星野リリィ

第一幕

（……ろ）

呼び声が、する。

（ざくろ、気をつけて！）

心配そうな声は、薄蛍《すすきほたる》だ。

今より幼いその声は、下から聞こえてくる。

ざくろ自身も、幼くなっていた。その幼い自分は、木の枝の上で、精一杯に手を伸ばしている。幼いため腕が短く、なかなか目的の枝に届きそうにない。

頭上の枝には、熟《う》れた柿の実が生《な》っていた。

（柿の木は、折れやすいから……）

（わかってるって、薄蛍。だいじょうぶだから！）

ざくろは下も見ずに叫び返した。見れば均衡を崩しただろう。

片手を幹について体を支え、もう一方の手を頭上の柿に伸ばしているため、体が震える。

それでもなんとかつま先立ちをして、実へと手を伸ばした。

(ざくろ!!)

その瞬間、乾いた音がしてざくろの乗っていた枝が折れた。

薄蛍の悲鳴に、ざくろはぽかんと目を瞠《みは》る。一瞬、何が起きたのかわからなかったのだ。

ふわり、と体が浮いたと思うと、すっ、と落ちてゆく。恐怖のあまり声が出ない。

誰か、助けて、だれか——。

そんなざくろの心の叫びに応じるように、ふわり、と誰かの手がざくろを抱きしめた。

(西王母桃《ざくろ》)

落下感はすでにない。

懐かしい声、やわらかい手が頬《ほお》に触れる。

(か……!)

*

「母さま!!」

ざくろは自分の叫び声で目をさました。

夢だ。

すぐに気がついた。深く息を吐きながら、暗がりの中でも見える目で柱時計を見上げる。刻まれた時はまだ夜更けだった。

それでもざくろは再び眠る気になれず、そっと夜具から身を起こした。音も立てず寝室を滑り出て、ざくろはそそと廊下を進んだ。

この館は、表が洋館で、その後部を包むように日本式の屋敷が建てられるという奇妙なつくりになっている。住んでいるのは、ざくろの他、十名余りの妖人《ようじん》と半妖だ。

これからは人間側から遣《つか》わされた者も、この敷地内で寝起きするようになるという。

そのせいで緊張して、神経がささくれ立っているのだろうかと考えながら、ざくろは闇の中をためらわずに進む。

廊下を進み、階段を上り、やがて洋館の屋上に立った。

夜風が心地よい。

見おろす街は、ところどころがほの明るい。こんな深夜でも明るいなど、時代はずいぶんと変わったものだ。

ざくろは呟《つぶや》いた。

「『柿の木は黄泉《よみ》の国へと繋《つな》がっている』か……」

あの夢の中で薄蛍《はんすう》が案じていたのはそのためだった。

ざくろは夢を反芻しながら物思いにふける。

明日からは正式に妖人省が稼働し、この館は妖人省という呼び名を冠されるのだ。半妖のざくろは、その妖人省に勤めることが決まっていた。

そんな新しい生活が始まる矢先に、母の夢を見るとは、……何かの報せなのだろうか。

夜空を見上げると、満点の星が瞬《またた》いていた。

ふいに強い夜風が吹いてざくろの長い黒髪を乱し、頭頂の耳をくすぐる。

半妖のざくろは年相応の少女の姿をしているが、見た目は少しだけ人間と違うところがあった。頭頂に、飯綱《いづな》の耳に似た部位があるのだ。黒髪と同じ色の三角のそれは、ほとんど人間の耳と同じ役割を果たしている。

その耳があっても、ざくろは愛らしい少女だった。顔立ちは黙ってさえいれば美しかったし、体はすらりとしながらも女らしい丸みを帯びている。

春先の夜風は冷たい。強くなった夜風に、ざくろはわずかに身を震わせつつ、もう一度、夜空を見つめた。

新しい生活が始まる前夜に見た夢は、何かを意味しているのだろうか。

——考えたが、答えは出ない。

もう戻らない母のやさしい手を、ざくろは思った。

半妖は見ただけで異質な者とわかる姿をしている。そのため、街を歩けば人々が奇異の目を向けた。だが、子どもたちは違う。ざくろの頭に他の人間と違う何かがついていると気づいても、一緒になって遊ぶとすぐに警戒をとく。

今までは外出するにも世話役の櫛松《くしまつ》の許可をもらわなければならなかったが、ざくろはそれをものともせず、抜け出しては子どもたちと遊んでいた。

「強いなぁ、ねぇちゃん」

喧嘩《けんか》独楽《ごま》で負かされたというのに、子どもたちは感心したようにざくろを見上げる。

ざくろはそれに満足して、見上げてくる少年の頭を撫《な》でた。

「そろそろ行かなきゃ。またね」

「またね！」

子どもたちが手を振るのへ振り返しながら、ざくろは意気揚々と館へと戻る。

表の洋館側からではなく、裏手から敷地内に入った。履物を脱ぎ、廊下を歩いていくと、広間からひょこりと薄蛍が顔を出した。

「おかえり、ざくろ！」

薄蛍は、波打つふわふわの焦茶の髪が特徴だ。肩先で揺れる短さだが、おとなしげな容貌《ようぼう》とも相まって、西洋の人形に似た印象を与える可愛《かわい》らしさだ。

ざくろとは姉妹のように仲がよい。おとなしい薄蛍と活発なざくろは、幼いころから対照的だった。

「ただいま、薄蛍！」

「ね、今日は暦《こよみ》で『成《なる》』だから、恋愛運がいいよ」

ざくろが広間に入っていくと、薄蛍が壁に掛けられた暦を指す。

「まぁた、薄蛍はそんなの真に受けちゃって。新暦なんてものはねえ……」

「本当ですの!?」

「ですの!?」

肩をすくめたざくろの後ろから、突然、ふたりの少女が両側から抱きつく。

「痛いって、雪洞《ぼんぼり》、鬼灯《ほおずき》」

双子の雪洞と鬼灯は、姉が雪洞、妹が鬼灯である。

このふたりは顔も声も体つきもそっくり、そのうえ栗色の長い髪に編み込んだ珊瑚《さんご》玉の髪飾りまでお揃《そろ》いで、なかなか見分けがつかないらしい。

だがざくろは容易にふたりを見分けるので、双子にやたらと懐かれていた。

「……そんなに色めき立ったって、いつどうやって男のひとと遭遇するっていうのよ」

「何を言うの、ざくろったら！」

「殿方だったら、今日、陸軍のかたと」

「素敵な出会いがあるかもしれませんわよね」

「「ね」」

双子は、顔を見合わせ声を揃えて言った。いつもにこにことして機嫌のよいふたりだが、さらに笑顔が明るい。

だが、ざくろは双子のように思えなかった。ふん、と鼻を鳴らす。

「軍人なんて、頭のおカタい、イモみたいなのばっかりよ、どうせ！」

それを聞いて、薄蛍が目を丸くする。

「ざくろ、軍人さんに会ったことあるの？」

「な、ないけど、とにかく！　――とにかくそういうもんだって話よ！」

ざくろは口ごもりながらも、最後はきっぱりと断言した。


だが、その数時間後に、ざくろはその考えを改めることとなる。


洋館の客間、窓際に置かれた椅子に座っているのは、この妖人省を束ねる雨竜寿《あまりょうじゅ》だ。この館に詰める妖人には敬意を持って『雨竜寿さま』と呼ばれる。

この男、顔も体も象の形《なり》をしているのだが、着物を身につけ、人間と同じように直立して二足で歩き、生活の習慣も人間と変わりない。

しかしその容姿ゆえに、妖人である、という認識を持って相対《あいたい》しても、やはり初めて目にする人間は驚くようだ。

「……これまで、月の満ち欠けと共に生活を営んでいたというのに、改暦によって太陽の巡りと共に生きていくことになったわけだが……」

雨竜寿は、ゆっくりと語りながら、自分の前に並び立った者たちを眺めた。

ざくろ、薄蛍、そして雪洞と鬼灯が雨竜寿の右側に、一列に並んでいる。

左側には、軍服姿の男が三人、直立不動の姿勢で、ざくろたちと向かい合うように立っていた。

「それに際して不都合もあり、不満を感じる者もいる。特に妖人に……というわけで、妖人省が設立されたんだね」

老人めいた口ぶりと声で、恐らくは年取っているのだろうと思わせられるが、その象の顔は皺《しわ》深く、見た目から年齢をはかることはできない。

「とはいえ……」

雨竜寿は目を細めた。ほっ、ほっ、と笑う。

「こうして並んでいると、なんだかお見合いみたいだねえ」

のんきな声だ。

「雨竜寿さま！」

「雨竜寿さまったら！」

「こんなときに何をおっしゃってるんですか……」

雨竜寿の後ろに控えている、三人の女が、口々に言った。三人とも、人間の姿をしているものの、目の周りが隈取《くまど》ったように色づいている。それだけで人間ではなく妖人だというのがわかった。恐らく狸の妖人だろう。

「そうは思わないかい、三扇《みつおうぎ》、三升《みつます》、三葉杏《みつばいちょう》。女の子たちはみんなお人形さんのように可愛らしいし、軍人さんはみんな凜々《りり》しいし。――うん、お似合いだよ」

雨竜寿の呑気《のんき》な声を聞きながら、ざくろはぽうっと、自分の前に立つ男を見上げた。

軍人なんて、みんな厳《いか》つくて、怖い目をして、どこもかしこもごつごつしていると思っていた。

だが、目の前に立つ男は、それらの想像とはまったく違っている。

すらりと背の高い青年は、まるで西洋の絵画から抜け出した王子様のように容姿端麗だ。長い手足と、しなやかな痩身《そうしん》。長い睫毛《まつげ》に煙る美しい瞳、通った鼻梁《びりょう》、薄い唇。どれもこれも、現実離れしていた。

夢見るような瞳に見つめられて、ざくろは顔が熱くなる。

「お似合いだなんて、……雨竜寿さまったら、恥ずかしい！」

照れのあまり、思わずざくろは叫んだ。

「ざ、ざくろ……？」

薄蛍が隣でびっくりしている。

雨竜寿はそれへ、ほっ、ほっ、と笑ってみせた。

「そうは言ってもざくろ、これからはそれぞれが組になって行動するんだよ」

「組になって？」

薄蛍が首をかしげる。

「そう、女の子と軍人さん、ひとりずつで組になるんだ。あ、双子はふたりで軍人さんはひとりだね。――外国語では組む相手を『パートナー』と呼ぶらしいが、その言葉には『伴侶《はんりょ》』という意味もあると聞いたよ」

伴侶、の意味ならざくろもわかる。つれあい、つまりは夫や妻のことだ。薄蛍も顔を赤らめた。双子は顔を見合わせ、きゃっきゃっとよろこんでいる。

「誰と誰が組むかは、こちらで決めたからね。――ざくろは総角《あげまき》少尉、薄蛍は芳野葛《よしのかずら》少尉、雪洞と鬼灯は花桐《はなきり》少尉。さあ、それぞれ挨拶《あいさつ》してね」

雨竜寿が促す。

「え、……」

ざくろは雨竜寿を見た。次に、自分の前に立つ青年士官を見上げる。

するとと、彼は微笑《ほほえ》んだ。

「総角、景《けい》です」

名乗る声は容姿によく合って涼やかだった。

ざくろは口をあけて、ただ青年を見ていたが、

「……僕では、パートナーとして、不足だろうか」

そんなざくろに、総角が笑いかける。

「そ、そんな……！　滅相もない！」

ざくろは慌てて首を振った。

「ありがとう。——僕も、こんな可憐《かれん》なお嬢さんと出会えて幸運だな」

総角は軍帽を取ると、ざくろを見つめた。その瞳の美しさに、ざくろは言葉を失ってしまう。

こんなきれいな男を、今まで見たことはなかった。

ざくろがぽうっとしていると、咳払《せきばら》いが聞こえた。

「とにかく、ざくろから自己紹介おし」

つづいて雨竜寿の後ろから声をかけたのは、飯綱の妖人、櫛松だ。狐《きつね》に似た顔貌だが、人間の姿をして、ちゃんと着物も纏《まと》っている。彼女は人間でいうと中年ほどの年齢で、ざくろたちにとって母のような立場にあった。

「は、……ハイ！」

ざくろはハッとしたように背筋を伸ばした。頬を赤らめつつも、凛々しい面持《おもも》ちで総角を見やる。

「わたしは、西王母桃《ざくろ》です」

「改めまして、僕は総角景、帝国陸軍少尉です。こちらのふたりも同じ少尉で、芳野葛利劔《りけん》と、花桐丸竜《がんりゅう》」

男らしいが表情の変わらない顔、短く刈り上げた髪、そして何より総角よりやや背が高く厳めしい印象を与える芳野葛に、薄蛍は怯《おび》えたようだ。ざくろの後ろに隠れるようにして一歩下がった。

「薄蛍。……どうしたの」

ざくろはちらりと薄蛍を見た。

「……うん」

薄蛍は怖々と芳野葛を見上げている。

引っ込み思案で繊細な薄蛍からすれば、このように大きな男性というだけで怖いのかもしれない。

だが、だからといって甘やかすわけにはいかないとざくろは考えた。

薄蛍の手を取ると、ぐいと引いて自分の隣に立たせる。

「ほら、ちゃんと挨拶して」

「す、薄蛍、と、申します……」

「芳野葛利劔だ」

低くよくとおる声は、だがどことなくやわらかさを帯びているように、ざくろには感じられた。しかもそれはその場にいる者すべてにではなく、薄蛍に向けられている気さえした。

なるほど、と思いながら、ざくろは次に双子に目をやった。

「雪洞、鬼灯」

声をかけると、ハイ！ と元気な声が重なって返る。

「雪洞でございます」

「鬼灯と申します」

双子はにこやかに、花桐に微笑みかけた。

芳野葛の隣の花桐は、よく見ると顔立ちが幼く、身につけた軍服が不釣り合いなほど可愛らしかった。どうやら、総角や芳野葛よりかなり若いようだ。少年といっていい年齢だろう。

「花桐丸竜です。僕もこう見えて少尉なんですよ！ 史上最年少元帥《げんすい》も夢じゃありません」

花桐は、そっくりな双子に戸惑いもせず、胸を張った。

どうやら外見と中身は比例しているようだ。その自慢げなさまは子どもじみていた。

双子は、うふふ、と笑顔になると、花桐の両側からそれぞれが手を取った。

「えばりんぼさん」

「でもそこがたまりませんわ」

「「よろしくお願いします、花桐さま」」

双子は同時に、花桐に告げる。

「わ、わわ……」

花桐は真っ赤になった。それを見て、双子が手を放す。

「こちらが雪洞さんで、こちらが鬼灯さんですよね」

「アラ」

「どうなさいましたの」

「な、なんともありません、えっと、――こちらが雪洞さんで、こちらが鬼灯さんですよね」

花桐は顔を赤らめながらも、そっくりな双子を交互に見やると、確かめるように言った。

これには双子だけでなく、ざくろと薄蛍も目を丸くする。

「……ふたりを見分けるなんて、やるじゃない」

ざくろが呟くと同時に、双子は両側から花桐に抱きついた。

「「丸竜さま！　どうぞ末永くよろしくお願いいたします！」」

「ちょ、あの、その……！」

抱擁に、花桐の顔がさらに赤らんでいく。

それを見て、総角が口もとをほころばせた。

「まだまだ子どもだな、花桐くんも」

ざくろはふと、その横顔を見つめる。

そうしているとひどく胸が高鳴って、自分ではどうにもできなくなった。

洋館から屋敷に戻る廊下を、ざくろはふわふわとした足取りで歩いた。

「総角、景さん、だって。総角さん。ふふ」

完全に浮かれている。地に足が着いていないとはこのことだ。

「まるで、遠い国の王子様みたいよねぇ……」

そう、うっとりと呟くざくろの横で、薄蛍は浮かない顔をしている。

「……いいな、ざくろは、やさしそうな人が相手で。――わたしは、うまくやっていけるか……」

不安そうに彼女は呟いた。

「……薄蛍」

さすがにざくろもハッとして足を止める。

振り向くと、薄蛍は胸もとできゅっと手を握っていた。まるで、胸の不安を抑えようとするかのように。

「あんな大きな男の人、……怖いもの」

薄蛍の性格から考えれば、あの厳めしい印象の男と組まなければならないのは酷かもしれない。何《な》故《ぜ》、雨竜寿はこの組み合わせにしたのだろうとざくろは思った。

その疑問を口にするより先に、廊下の先から声がする。

「ざくろ！　ちょいと来ておくれ」

櫛松だ。ざくろは何ごとかと廊下を行く。

「なあに、櫛松」

「これをあの軍人さんたちに持って行っておやり。もしお持ちでないならと思って、寝間着を用意したから」

広間から出てきた櫛松は、手に畳んだ着物を三組、持っていた。

「総角さんに？　わかった！」

ざくろは着物を受け取ると、たちまち洋館へと廊下を引き返していく。

「総角さんだけじゃないよ！　コラ！」

ぱたぱたと走るざくろの背に櫛松が叫ぶのを見ながら、薄蛍は溜息《ためいき》をついた。

ざくろを待つでもなく、その場で廊下の窓から外を眺める。

薄蛍はただでさえ男性が苦手なのだ。双子やざくろに比べると、殿方への興味は薄い。

そうでなくとも、いかにも男らしい芳野葛と組まなければならないなんて、考えただけでも身が竦《すく》んだ。これはもう理屈ではない。ただただ大きな男が怖いだけだ。

「……おい」

ふいに低い声がかかって、薄蛍は跳び上がりそうになった。

慌てて振り向くと、ぬっと大きな影が近づく。

「あ……」

たった今の今まで思い浮かべていた相手、芳野葛だった。

手を伸ばせばふれられそうなほどの近さに、薄蛍は怖《お》じ気《け》づく。

「わ、わたし、用が、ありますので……」

とにかくその場から去ろうとして芳野葛に背を向けると、

「待て」

呼び止められた。

その静かな声が、薄蛍を立ち止まらせる。

不思議と怖さは消えていて、自分でも訝《いぶか》しく思いながら振り向く。

「大きい男は苦手だと、聞いたが」

芳野葛の声は低く男らしかったが、薄蛍にはどこかとてもやさしく感じられた。

「は、い……」

薄蛍がうなずくと、芳野葛はゆっくりとその場に膝《ひざ》をついた。

「これなら、怖くないか？」

厳めしい顔つきの男は、ひどく真面目な表情を浮かべて薄蛍を見上げる。

思わず薄蛍は目を瞠った。

芳野葛は、怯える自分を気遣ってくれているのだ。

「あの、芳野葛さま」

「利劔でいい。そう呼んでくれ。――俺もおまえを、薄蛍と呼ぶ」

芳野葛は、静かに告げた。

薄蛍は、まじまじと芳野葛を見つめた。頬が熱くなる。

「……はい！」

薄蛍は、笑顔になった。


ざくろはうきうきと、洋館の廊下を歩いた。

洋館は妖人省としての機能と共に、軍人が起居する宿舎も兼ねている。間取りはわかっていたから、ざくろはためらわずに、軍人たち三名が寝泊まりするであろう一画を目指した。

と、最後の角を曲がったところで悲鳴が聞こえる。

悲鳴といっても、男の声だ。

総角の声だと、ざくろは瞬時に悟った。

「総角さん!?　どうなさっ……」

悲鳴の聞こえた部屋の扉を押しあけて中へ入ると、さんさんと陽光が射し込む中、軍服姿の男が絨《じゅう》毯《たん》の上で蹲《うずくま》っていた。

「だ、誰か……ッ！」

体を丸めて叫ぶ男の前には、ぽかんとした表情の豆蔵《まめぞう》が立っている。

「豆蔵？ 何、これ……」

イヌともウサギともつかぬ動物の姿をした豆蔵は、れっきとした妖人だ。ざくろにとっては重要な役割を果たす存在でもある。

「ワイはなんもしてへんでー。ただ、この新入りに挨拶したろう思うて、上から来ただけやんけ。ほしたらコイツ、エラい怯えよって」

豆蔵は困ったような顔つきで、ぺたぺたとざくろに近づいた。

ざくろは黙って、『コイツ』――総角を見た。

「た、ただ、だって!? 天井を歩くなんて、非常識にもほどがあるぞ!!」

総角はキッと顔を上げ、叫んだ。

容姿端麗な男が、涙目になっている。

ざくろは思わず一歩下がった。

さきほどまでの王子様然とした姿も思い出せないほど、今の総角はすっかり怯えきって震えている。

どうやら彼をそこまで怖がらせているのは豆蔵らしい。

豆蔵は、どちらかというと愛らしい姿をしていると、ざくろは思っている。なのにそこまで……というより、そんなふうに騒がれるとは。

「予告なく化けものが現れたこっちの身にもなってくれたまえ！」

「化けもの、ね！」

それまでほとんど呆気《あっけ》に取られていたざくろだが、その言葉でカッとなった。

と、さすがに総角も失言を自覚したのか、我に返った顔をした。

「……あなたたち人間から見たら、わたしたち半妖や妖人は、いくら人間に近い姿をしていても、化けものでしょうね」

ざくろはふんと鼻を鳴らす。

ぐうの音《ね》も出ないのか、総角は押し黙ってしまった。

「それより、アンタ誰⁉」

「帝国陸軍少尉、総角景です」

「おまえはあの王子様とは別人だ！」

「こっちが素《す》だよ‼」

その場にしゃがみ込んだまま、総角は叫ぶ。その顔は憔悴《しょうすい》しきっていた。

「さっきと全然違うじゃないの‼」

思わずざくろは叫んだ。王子様然とした総角景像が、ざくろの中でガラガラと音を立てて崩れていく。

「僕は妖人が苦手なんだ！　小さいころから、怖くてたまらなかったんだ！　妖人省だって、任務でなけりゃ一生足を踏み入れたくなかった！」

開き直ったのか、総角が反論する。

「はぁあぁ～!?」

ざくろはきりきりとまなじりをつり上げた。

総角はその迫力に怯えたのか、その場に尻餅《しりもち》をつく。

「君からしたらばかげているかもしれないけど、妖人というだけで、怖くて怖くてたまらないんだよ、……半妖だって、同じだ。頭に耳が生えた女の子だけでも、充分怖いのに」

目をぎゅっと閉じ、ぶるぶると震える総角のつむじを、ざくろはまじまじと見つめた。

豆蔵が、うひょひょひょと笑いながら総角に近寄っていく。総角のヘタレっぷりが楽しくなってきたようだ。

「お、おまえなんて、どう見ても化けものじゃないかぁ……！ 近寄るなぁああ～」

情けない声を上げながら、総角はその場で身を丸くする。

ざくろはただただ口をあんぐりとあけて、そのさまを眺めた。

「アンタ、ただのヘタレじゃん!! ちょっと顔がいいだけの弱虫じゃん!!」

さっきまでは、まるで西洋の王子様みたいで、格好よくて、やさしそうだったのに。

あんなに、あんなに。

「カッコつけ!! 弱虫!! 最ッ悪!! ショボ!!」

憧れとほのかな期待を裏切られたざくろは、さんざんに総角を罵《ののし》った。

妖人省に詰めている者たちは、朝餉《あさげ》を屋敷の広間でとることになっていた。

これは男女も同席で、人間にとってはめずらしい習慣のようだ。

雨竜寿曰《いわ》く、一緒に仕事をする仲間なのだから、こうして生活を共にして、少しでも相手のことをわかり合わなければならない、とのことだった。人間と半妖、種族が異なるのだから、この考えは理に適《かな》っている。

半妖だがざくろたちの生活習慣はほぼ人間と同じだ。食事をし、眠り、手洗いも行くし湯も使う。

だが、妖力があり夜目が利く。——人間との差はその程度だ。

その程度、が人間にとっては脅威なのだという。

昨日の今日で苛《いら》ついていたざくろは、すでに食事のしたくがととのえられた卓につくと、誰も来ないうちから食事を始めた。

米飯のほかに魚と香の物、汁と少しの野菜という食事は、ざくろには充分の量だった。

昨夜の総角の醜態を思い出すと、いらいらして食が進む。

「おはよう、ざくろ」

しばらくそうしていると、広間に入ってきた薄蛍が隣の席につく。

「薄蛍、おはよう～」

すると、待ちかまえていたように、目鼻を描いた瓜《うり》を顔の代わりに首にのせたような子どもたちが現れた。瓜の妖人、桐《きり》と桜《さくら》である。

「あら、桐に桜、ありがとう」

ときどき食事の給仕を務めるふたりは、たちまちざくろの隣に薄蛍の食事をととのえた。

「ねえざくろ、今日は『収《おさん》』だから、お買いものに行こうよ」

薄蛍は箸《はし》を手にしながら提案した。

「暦なんかあてになんないって、昨日も言ったじゃない。薄蛍だって、あんな大男と組まされて怖がってたじゃないの」

ざくろは忌々《いまいま》しげに答えると、茶をすすった。

「薄蛍」

そこへ見計らったかのように声をかけられる。

振り返った薄蛍の顔が、ぱっと明るい笑みに彩られるのを、ざくろは見逃さなかった。

「利劔さま！」

ざくろはぽかんとして、薄蛍を見た。

昨日の怯えようとは裏腹に、薄蛍は頬を染め、芳野葛を見上げている。

「なんで名前で呼んでんのよ……」

「昨夜はよくおやすみになられました？」

ざくろの呟きは、薄蛍には聞こえなかったらしい。薄蛍は芳野葛に怖じけることなく話しかけている。

「ああ」

芳野葛がそれへ、言葉少なにうなずく。

「よかった！」

薄蛍は頬を染めて、にっこりと笑う。今までは滅多に見せない、愛らしい笑顔だった。

「何があったのよ……」

「はぁい、丸竜さま、アーンして？」

「丸竜さま、こちらにもアーン♡」

釈然としないざくろの耳に、双子の声が聞こえてきた。

驚いて目をやると、いつの間にか食卓に着いていた花桐の両隣に雪洞と鬼灯が陣取り、箸で摘《つま》んだおかずを花桐の口もとへ向けている。

「やめてください、ひとりで食べられますから！」

花桐は、幼い顔を真っ赤にしていた。

「アラ、照れてらっしゃるの？」

「可愛らしい御方♡」

双子はうれしそうに、両側から花桐にしなだれかかった。

「く、くっつかないでくださいよ！」

まだまだうぶな少年に、年上の双子の色香は毒だろう。

「………」

ざくろは無言で、そのさまを眺める。

薄蛍も双子も、どういう経緯かはてんで見当がつかないが、組んだパートナーと親しくなったようだ。

それに比べて、自分のパートナーは。

そこまで考えて、はあ……と、ざくろは溜息をつく。

「や、やあ！」

取り繕った明るい声を、ざくろは一瞬、無視しようかと思った。

が、そうもいかない。

しぶしぶ顔を上げると、もちろんそこには総角が立っていた。

「おはよう！　今日もいい朝だね……」

引きつった笑顔は、彼が妖人嫌いだと知らなければ、それなりにいい笑顔に見えたかもしれない。

だが、知ってしまった今、ざくろには胡散臭《うさんくさ》く感じられてならなかった。

「いよう兄《にい》チャン！　元気か⁉」

天井をぺたぺた歩いていた豆蔵が、ひょいっと総角の前に飛び降りた。

「お、おまえまた……！」

総角はその場に頽《くずお》れる。

「……ほんとにこいつと組まなきゃならないの？　わたし……」

ざくろは思いっきり、眉《まゆ》を寄せた。

妖人省が正式に稼働し始めて、数日後。


「…………」

ざくろは手にした湯飲みを、じいっと見つめた。

朝の食卓に並んだその湯飲み、何度見直しても、中身は白い液体だ。

「……何、これ」

飲みものなのは間違いない。湯飲みに入っているのだから。

だが、得体が知れなさすぎる。匂《にお》いも微妙だ。とても口をつける気になれない。

「白いし、……何かの汁じゃない、わよねぇ」

「牛乳だよ」

誰にともなく問うと、隣で総角が答えた。

「ぎゅう、にゅう……？」

「平たく言うと、牛の乳、だね」

その説明に、傍《そば》に立っていた三狸がぞっとしたように後退《あとずさ》った。

「牛って……!!」

ざくろは思わず湯飲みを取り落としそうになった。

「そんなに驚くことかな? 西洋では、めずらしいことじゃないよ」

総角が取りなす。

「これだから人間て!! 簡単にバテレンに染まっちゃってさ!」

長く閉ざされていたこの国が外へ開かれてから、数多《あまた》の外国人が訪れた。

その中でも特に、キリスト教の信徒が多い西洋人が外国からの来訪者の代表として知られている。

そのためざくろのように『外国人』という意味で、キリスト教徒を指す『バテレン』という言葉を使う者は少なくなかった。

「牛乳は牛肉と同様、健康や体格向上に役立つすぐれた飲みものなんですよ。軍では毎日の飲用を奨励しています」

その場の空気をものともせず、花桐が得意そうに説明した。

「丸竜さまは物知りね、鬼灯」

「そうね、でも……これを飲むのはためらうわ、雪洞」

「牛肉って、牛の肉を食べるの?」

ざくろは顔をしかめた。

獣肉を食べることが特別でなくなりつつあるのは聞いていたが、鶏はまだしも、牛を食べるなど、ざくろには想像もつかない。

「人間って!! 簡単にバテレンに染まっちゃうのね」

「外国の突飛な風習でも、ためになるなら、積極的に受け入れていくべきだと、僕は思うけど」

総角は牛乳を一口飲む。まるで水のようだと思いながらざくろがそれを見ると、総角はちらりと目を上げた。視線が合う。

「君、案外、頭かたいんだね」

「……えらそうなこと言っちゃって……アンタだって、本当は」

ざくろが何を言いかけたか、総角は察したらしい。大きな手と長い指がざくろの口を覆う。

「それはちょっと勘弁してくれないか、君」

「何よこの手は！」

ざくろは両手で総角の手を摑《つか》んだ。

驚いた。こんなにも大きさが違うなんて。

やさしげな顔貌をしていても、総角の手は軍人だった。

「あらまあ、いいですわね」

「仲良しさん♡」

戸惑ったざくろが、総角の手を握りしめたまま固まっていると、双子が声を揃えて言った。

「仲良しですって⁉　――放しなさいよ！」

ざくろはキッとなって、総角の手を振り払った。

「放すも何も、君が」

「ほらほら、いい加減におし。さァ、お騒ぎはそこまでだよ。さっさと食事を済ませとくれ。準備にとりかかるよ」

櫛松の声が、その場を静める。

「はァい！」

給仕をしていた三狸が、慌てたように広間を出ていく。

芳野葛とふたりで牛乳を飲んでいた薄蛍や、花桐の両脇《わき》で交互に話しかけながら箸を動かしていた双子が、黙々と食事を再開する。

薄蛍などは複雑な顔をしていたが、芳野葛に励まされて意を決したように牛乳を飲み干していた。

芳野葛は、幼子にするようにその頭を撫でる。薄蛍がうれしそうに笑むのを、ざくろはやや安堵《あんど》を感じながら眺めた。

「準備って？」

総角が問うので、そちらへ視線を向ける。

「聞いてない？　お花見に行くのよ。だからその準備」

「お花見って……」

その答えに、総角は目を丸くした。

「桜を見る、あのお花見、よ」

ざくろはきっぱりと答えた。


食事を終えると、本当に花見のための準備が始まった。

「しかしいいのかな、仕事もせずにお花見なんて」

櫛松の指示で、ざくろは花見用の野傘、総角は丸めた毛氈《もうせん》を運び出していた。

「わたしたちは、妖人が起こすやっかいごとを収めるためにこの妖人省に詰めているんでしょ。でも、妖人が何もしなきゃ、仕事もへったくれもないじゃない」

ざくろは明快に答えた。

「そりゃそうだけど」

ざくろの言葉に納得はしたようだが、総角はすっきりしない顔つきをしている。軍人だからか、休日でもないのに昼間から花見をするのが怠けている気でもしているのだろうか。

そう思いながら、ざくろは横を歩く総角をじっと見つめた。と、総角はすぐにそれに気づく。

「ん？　顔になんかついてるかぃ？」

「ううん。……牛のお乳を飲んだんだ、と思って」

ざくろは呟くと、はぁ、と息をついた。どうにもざくろにはそれが受け容《い》れがたい。

「まだ言ってる」と、総角は苦笑する。

「だって、どうかと思うわ」

「でも、君たちだって、蠟燭《ろうそく》を食べたりするんだろう？　それと同じ……」

「はぁ!?」

総角がまじめな顔をしてとんでもないことを言うので、ざくろは思わず声をあげた。

「何ばかなこと言ってんのよ！」

「え、だって君たちは狐との半妖だろう？　だから蠟燭が好物なのかと」

「そ、そんなもの、食べるわけないでしょ！」

ざくろは思わず怒鳴りつけた。両腕で抱えた野傘で殴ってやろうかと思ったほど頭にきた。

とはいえ、総角だけでなく、世間一般の人間たちはそのように誤解しているのだろう。

それでも腹立たしいのは事実だ。

「アンタ、妖人が怖いくせに、どうしてそんな余計な言い伝えは知ってるわけ？」

総角景が『妖人が怖い』ことを知っているのはざくろだけだ。さっきは妖人省の面々にバラそうとしたが、ざくろはしばらくこのことを黙っていようと思った。仕事で組む相手の弱みを摑んでおくのは悪いことじゃないだろう。——ただ、腹は立つが。

「そりゃあ、……嫌いとか、苦手だっていうのは僕個人の話で、一緒に仕事をする相手のことを、何も知らないままなのは失礼だと思って、勉強してきた、つもりなんだけど……」

総角は、ざくろの剣幕に怯えたのか、ゆっくりと言葉を選んでつづけた。

「え……」

ざくろの中でくすぶっていた怒りが、すうっと消えていく。自分でも驚くほど急速に。

——妖人省《ここ》へ来た初日、妖人が怖い、頭に耳が生えた女の子も怖いなどとのたまった男が、実はそんなことを考えていたとは。

この男はひょっとして、ひどく生真面目なのではないのかと、ざくろが見直した瞬間、

「オッス兄チャン！」

天井からぶらりと長い耳が垂れ下がり、ほぼ同時に総角は絶叫した。

「ひいいいいいい！」

総角は、手にしていた毛氈を放り出すと、ざくろの後ろに隠れた。

いくら怖いとはいえ女の子を楯《たて》にするなんて、とざくろは見直しかけていたのをなかったことにした。

「あいっかわらずの反応やのう、なぁざくろ」

豆蔵はこの男をからかうことに楽しみを見出したようだ。うひょひょと笑いながら近づこうとする。

もちろん総角はへっぴり腰で逃げる。

「ちょ、勘弁してくれないか、本当に……」

総角は、さきほどまでの凜々しさを打ち消すが如《ごと》く、よろよろと後退る。

後退りながら廊下の曲がり角をさらに下がって、ざくろの視界から総角の姿が消える。

すぐに小さく悲鳴があがった。次いで、何かが転がる音が盛大に響き渡った。

ざくろは野傘を持ったまま、角を曲がる。悲鳴は薄蛍だった。

角を曲がった先では、薄蛍が持っていたらしい重箱が散らばっている。当の薄蛍はといえば、総角にぶつかって均衡を崩したところを、総角に抱き留められたらしかった。

ざくろは一瞬、その場に立ちすくむ。

「だいじょうぶですか？」

総角は薄蛍をしっかりと立たせながら顔を覗《のぞ》き込む。さきほどまでの情けなさが思い出せないほど、いつもと同じ、凜々しい顔つきに戻っていた。

その変わりように、ざくろは内心で苛ついた。だが、どうして苛ついたのか、理由がはっきりわからない。

「すみません、余所見《よそみ》をしていたものですから」

「い、いえ……それより、お重が」

総角の言葉に首を振った薄蛍は、廊下に膝をつくと、散らばった重箱を集め始めた。

「お手伝いしましょう。よろしければ僕がお運びしますよ」

そこでざくろも我に返った。重箱を拾うのを手伝おうとするが、それより先にすっと前へ出た影があった。

芳野葛だった。

「俺が運ぼう」

「利劔さま」

芳野葛は、まるで総角と薄蛍のあいだに割って入るように申し出た。同時に自ら、総角から重箱を取り上げる。

とたんに薄蛍の顔つきが変わった。

「ありがとうございます」

明るい、陽《ひ》が射したような笑顔だ。

そのうれしそうな顔を見れば、さすがにわかろうものなのに、総角はぽかんとして、肩を並べて厨《ちゅう》房《ぼう》へ向かうふたりを見送っている。

「……アンタって相当、鈍いのね」

「え？」

まだ出会って間もないのに、薄蛍はすでに芳野葛を憎からず想っているのだろう。

また、芳野葛も明らかに薄蛍を大切に想っているのが見るだけでわかった。いや、むしろ、芳野葛のほうが最初から薄蛍を見ていたような気が、ざくろはしている。

「いい加減にしておかないと、馬に蹴《け》られて死ぬわよ、アンタ」

「ええ!?」

たとえ邪魔するつもりはなくとも、ふたりのあいだに入るのはよくないだろう。

だが、ざくろの言った意味が、取り残された総角にはわからなかったようだ。

「なんで!?」

総角のその反応に、はあ、とざくろは溜息をついた。


厨房は、炊事を担当する三狸たちだけでなく、妖人省の人手がほぼ全員集まって、花見のための調理に勤《いそ》しんでいた。

「おふたりの髪って……千代呂儀《ちょろぎ》に似てますよね」

重箱に詰める千代呂儀を箸で摘んでいた花桐が、ふいに言った。

確かに双子の、珊瑚玉の飾りを巻きつけた髪の房は、千代呂儀のように渦を巻いている。

「「ひ……ひどいですわ丸竜さま!」」

だが、事実を伝えた花桐の言葉に、双子はいたく傷ついたようだ。ふたりとも、涙目になって抗議する。

「乙女の髪を、言うに事欠いて千代呂儀だなんて！」

雪洞が叫ぶと、鬼灯と抱き合い、ふたりは声をあげて泣き出した。

「え、え、ええ……!?」

自分の言葉がどれほど双子の気分を害したか、花桐は気づいて青ざめた。

彼は少年らしい好奇心で思いつきを口にしただけで、女性を悲しませるつもりはまったくなかったので、慌てて考えを巡らせる。

「え、えっと、えっと……あ、そう！　僕、千代呂儀が大好物なんです！　おふたりの髪も素敵だから、好きなものが似ていてよかったな、なんて……」

やっとのことで、花桐は閃《ひらめ》いたようだ。慌てたようにそう言った。

そのさまを見ていた総角は、呆気に取られた。

「いくらなんでも、それは苦しい言いわけじゃないか……？」

その呟きが聞こえたのか、花桐がキッと睨《にら》みつける。

だが、双子はあっという間に涙を止めた。

「なァんだ」

「そうでしたの」

「丸竜さまは、千代呂儀も、わたくしたちの髪も、お好きなのね」

「素敵ね、鬼灯」

「ええ、雪洞」

さきほどとは違う意味で、総角は呆気に取られる。

「そんなんでいいのか……?」

「あの子たちは、ね。──わたしや薄蛍だったら、あんな簡単じゃないわよ」

隣でざくろが言った。

「……ハイ、気をつけます……」

「ほら、これ洗うの、手伝って!」

ざくろは遠慮なく、総角に洗いものを押しつけた。


「わあ……!」

「ちょうど、満開ねぇ」

花見として訪れた午後の公園は、そこかしこに人々が行き交っている。みな一様に、咲き誇る花を見上げては、溜息をついたり、楽しげな声をあげていた。

園内には川も流れ、赤い橋が設《しつら》えられている。そこを渡るうちに、総角は気づいた。

周囲の人々から向けられる注視の、鋭さ。

最初は自分たちが軍服のせいだからかと思ったが、まったく違う。

「見られてる……?」

訓練された敵ではない、あからさまな敵意。総角は驚きを隠しきれず、あたりを見まわした。

「みんな、妖人がめずらしいのよ。――それより、空が曇ってきたわ。降らなきゃいいけど」

隣を歩くざくろが、なんでもないことのように言った。

天候より、総角は周囲の反応が気になった。

十名余りの一団には、明らかに軍人とわかる総角たちもいる。それなのに容赦なく向けられる視線は、妖人や半妖に対する嫌悪や蔑《さげす》みに満ちていた。

(やだ、あれ見て)

(妖人……?)

(妖人が花見に来るなんて……)

(おおいやだ。きもちわるい)

視線は露骨に睨んでくる者から向けられていたが、他にも、ひそひそと悪意を含む囁《ささや》きや、こちらから見ると目を逸《そ》らすなど、反応はさまざまだ。

それを見ながら、総角は感慨にふけった。

少し前の自分はあちら側にいたのだろう。

今はこちら側にいる。

自分は妖人ではないにしろ、妖人に同行する者として、妖人に近しい気持ちを味わっている。

人間ではないと差別され、忌《い》まれる、その感覚を。

総角は眉を寄せた。その美しい顔が翳《かげ》る。

今まで自分もそうしてきたのだ。怖《おそ》れることで、妖人を差別してきた。

だが今は、ざくろたちを忌々しげに見る人々に対して、かすかながら怒りを覚えていた。

正直な気持ちを言えば、今でも妖人に対して怯える気持ちがないわけではない。

しかし共に寝起きもしたこの数日で、慣れ始めているのも事実だ。

妖人、半妖と呼ばれても、人間にはない妖力を持ち、人間から見れば異様な姿をしている、ただそれだけで。

もっとも親しく接しているざくろは、ほかの少女となんら変わりなく思える……。

「おや、春雷だね」

櫛松が空を見上げた。

「せっかくのお花見なのに」

三狸の誰かが言い、三人揃って残念そうに空を見上げる。

確かに、どこかから、砲声のような遠雷が響く。

音を追って視線を向けると、その先には確かに雷雲が見えた。思ったより遠くないようだ。

「次の雷が光ったら数えようねぇ」

「ねっ！」

幼い桐と桜が愉快そうに笑って言った。

「子どもはなんでも楽しいのね」

それを見て、雪洞が微笑む。

次の瞬間、空の片隅で光が走った。

「いーち」

意気揚々と子どもたちが数えた瞬間、轟音《ごうおん》がすぐ近くで鳴り響く。

「落ちた……!?」

ざくろが叫ぶ。

雷が落ちたと思《おぼ》しき場所はすぐ近くだった。しゅうしゅうと黒い煙が上がっている。

音と光、そして煙に怯えた花見客が、悲鳴をあげながら逃げ惑い始めた。

ただ雷が落ちたにしては、人々がやたらと慌てている。落雷で火が出たのだろうか。

「あれは……！」

逃げてくる人のさまが尋常ではない理由が、やっとわかった。

「雷獣よ！」

ざくろが叫んだ。

人々の悲鳴が、一層高まった。

雷獣は、落雷と共に地上に降り立つ妖人だ。

落雷の跡からのそりと身を起こした獣は、大きな狼《おおかみ》にも似ているように見える。そしてまた、ひどく気が立っているのが見ただけでわかった。

花見客は逃げ出しているが、それでもまだ近くにいる。女子どもや老人はそんなに早く走れない。

そんな状況で雷獣が暴れたら……どうなるか、容易に想像はついた。

「みんな！　さァ、これが初仕事だよ！　あの雷獣を鎮めるんだ！」

櫛松の声が響いた。

「櫛松！」

横一列に整列した中から、ざくろが一歩、進み出る。

「なんだいざくろ」

「今回は、わたしと総角少尉に任せてくれない？」

「えッ」

ざくろの言葉に、総角はたまげる。

「ねぇ総角少尉！　反対なさいませんよね！」

「えっ……！」

総角は焦った。

ざくろがは急にどうしてそんなことを言い出したのか。

見ると、彼女はたちのよくない笑みをその可憐な顔に浮かべていた。

「き、君は……」

自分は妖人を怖れている。だがそれを隠してもいる。知っているのは古くからの付き合いのある芳野葛、そしてざくろと豆蔵だけだ。

その事実をざくろは明るみに出したいのだろう。

ざくろの魂胆を察した総角は、ちら、と雷獣を見た。

雷獣は、咆哮《ほうこう》しながらのたうち回るように暴れている。

ビリビリと鼓膜を震わせる咆哮に、総角はすくみ上がった。思わずざくろの背にしがみつく。

「本当にすみません、格好つけてなんでもないふりをしたことは謝りますから勘弁してください！」

半泣きになって許しを請う。

「まァだ、足りないわっ」

ざくろの声にハッとして見上げると、可憐な少女はへの字に口を結んでいた。

「な、何を、……」

「わたしを怖いって、今でも思うの」

ざくろは威張るように腕組みをしている。

あ、と総角は気づいた。

「……い、いや」

「薄蛍は？　雪洞は？　鬼灯は？　櫛松は三升は三葉杏は三扇は！　みんな、アンタを怖がらせるようなこと、何かした!?」

「し、してません……」

「じゃあ、こ・わ・く・ない、わよね!?」

「は、はい……もう、怖くない、です。……怖がって、ごめんなさい」

総角は頭を下げた。──帝国軍人としてではなく、ひとりの人間として。

「そうよ！　まったく失礼しちゃうわ！」

ざくろはたちの悪い笑みを消して、あでやかに微笑んだ。

可憐で、そして美しいその笑顔に、総角は見とれる。

「こちとら、花も恥じらう乙女ですから！　怖がるなんて、言語道断よッ！」

「は、はい……」

総角が妖人を怖れているのを以前から知っていた芳野葛は顔色ひとつ変えていないが、花桐は呆気に取られたように口をあけている。恥ずかしいところを見られてしまった、と総角は思ったが、それすらいっそすがすがしい。

「それでは、改めまして！　実は妖人が怖くて怖くてたまらない、超ヘタレの総角少尉に代わりまして──わたしたち半妖で、かみなり狩りをさせていただきます！」

ざくろはきりりとした顔つきになった。

ざくろの後ろに、事態をのみ込んだらしい薄蛍と双子が従うように立つ。

「豆蔵、桜、桐！」

「あいっ」

ざくろが呼ぶと、三人は朗らかに声をあげて駆け寄った。

かれらはごく自然なしぐさで、自分たちの口に手を突っ込むと、ずるりと木の枝を引きずり出した。

「わあ……」

これにはさすがに総角だけでなく花桐もたじろぐ。芳野葛は表情が変わらないだけで、驚いてはいるかもしれないが、それは読み取れない。

「ありがと」

花のつぼみがついた枝を豆蔵から受け取ると、ざくろはそれを手にして雷獣に向かい立つ。

そして、枝を刀のようにかまえた。中段のかまえだ。

そのさまは、吹き始めた風に流れる黒髪も相まって、総角の目にひどく凜々しく映った。

自分に向けられた敵意に気づいたのか、雷獣がうなり声を立てて近づいてくる。

ざくろと同じように木の枝を手にした薄蛍と双子が、パン、パンと手を打ち鳴らすと、唄い始めた。

――ア、ソーレ
――わたしゃア花か

唄いながら、三人は枝を振る。
すると、火がつくような音を立てながら蕾《つぼみ》が開き、たちまち咲いた桃の花が枝を覆ってしまった。
――蝶々《ちょうちょう》か
――鬼か
ざくろひとりが、雷獣に対峙《たいじ》する。
雷獣はざくろに向かって大きく口を開くと、稲妻を吐き出した。
幾筋もの光が空を斬《き》り裂き、向かう先には――。
――あはれ身も世も
――あらりょうものか
獣じみた表情を浮かべ、枝をかざした、ざくろ。
その枝は、ざくろが振りかざすと同時に、刀に姿を変えてゆく。
――べにの代わりに
放たれた稲妻が、ざくろに襲いかかる。
だが、薄蛍が枝を振って生じた花びらが、ざくろを守るように取り巻き、稲妻を跳ね返す。
無数の花びらが光に舞うさまは、夢のように美しい。
――さすのは、刃《やいば》じゃ
ざくろの表情が、舞い散る花びらに見とれるかのように緩んでゆく。

だが、夢見るようなその表情は一瞬で消えた。
雷獣が襲いかかってきたのだ。
──たんとほめて
──くだしゃんせ
三人の美しい声が響き渡る中、ざくろは驚異的な跳躍力で地面を蹴った。
中空に舞う少女は、落ちながら、手にした刀を雷獣に叩《たた》きつけた。
雷獣の絶叫があたりに響き渡る。
──ソレ
──あっぱれ
──あっぱれ
──あっぱれな……
まるでふぶきのように散る花びらの中、ざくろはふわりと地面に降り立った。
半妖たちが手にしていた満開の枝は、たちまち元の、ただの蕾をつけた枝に戻る。
総角、花桐、そして芳野葛さえもが、妖人省の初仕事が成されたのに見とれる。
ざくろは任務を果たしたことに安心したのか、ホッと息をついた。
そのさまは、さきほどまでの戦う彼女とは別人のように可憐な、乙女だった。

春先ゆえに、夕方から夜への移り変わりは早い。

そこかしこにぶら下げられた提灯《ちょうちん》が、ぼんやりと桜を夜闇《よやみ》に浮かび上がらせている。

「あれ、だいじょうぶなのかい？」

総角は、桐と桜が雷獣と戯《たわむ》れるのを眺めながら、こわごわと尋ねる。

「モウ、しつこいわね。——だから、何度も言ってるでしょ。雷獣は、ふだんはおとなしいの！」

広げた毛氈の上で、重箱に箸をのばしていたざくろは総角を睨みつけた。

「でも……」

さらに総角が言いつのろうとすると、どん！　と後ろからもたれかかられた。

「総角少尉、そんなに怖がらなくってもだいじょうぶですってばぁ」

うひゃひゃと笑う花桐の顔は真っ赤だ。

「あッ」

花桐の吐く息が酒臭い。総角は頭を抱えた。

「ちょっと、誰か花桐くんにお酒ついだでしょ」

総角の焦りを知らず、花桐はおかしな声で楽しそうに笑っている。立派な酔っぱらいだ。

「彼はまだ子ども……」

「「丸竜さま！」」

言いかけた総角を遮って、双子が割り込んだ。

「ほら」

「これ」

ふたりが花桐に差し出した重箱には、みっしりと千代呂儀が詰まっている。

突きつけられた重箱の中身を認めて、一気に花桐の顔から血の気が失《う》せた。

「千代呂儀好きの丸竜さまのために、たーっぷり持ってきましたの」

雪洞がにこにこして言う。鬼灯がそれに続けた。

「さあ、召し上がれ、丸竜さま」

「え、で、でもこれは、一度にたくさん食べるものじゃあ……」

すっかり正気を取り戻した花桐はへどもどする。

だが、双子は笑顔のままだ。花桐の、千代呂儀が好きで、千代呂儀に似ているふたりの髪も素敵だ、という言葉を信じているのだろう。

すぐに花桐は観念した。

「……いただきます」

一連の流れを見て、総角は溜息をついた。

と、それに呼応するかのように、すぐ近くで何かが抜けるような軽い音がする。

見ると、ざくろがラムネ瓶に口をつけていた。どうやら屋台で買ってきたらしい。

「何、見てるのよ」

総角の視線に、ざくろは眉を上げる。

「バテレン云々《うんぬん》言って、ラムネは平気なんだね」

「………」

ざくろは複雑そうな顔をした。

自分の取り繕いを暴かれた総角としては、その表情にスッキリする。

ふと見ると、薄蛍がかいがいしく芳野葛の世話を焼いていた。

「はい、利劔様」

薄蛍は、重箱から料理を小皿に取り分けて芳野葛に差し出す。

「すまんな」

「お嫌いなものはありませんでしたか？」

「ああ」

その答えに、薄蛍は微笑み返した。

「何、見てんのよ」

さっきと同じ台詞《せりふ》を、今度はひそ、とざくろが囁く。

「いや、いつの間に……と思って」

「ほんとよね」

ざくろは肩をすくめた。

だが、薄蛍が芳野葛を気に入っているのなら、自分がとやかく口を出すことではない。

ざくろは一座をぐるりと見まわしてから、夜空を見上げた。

「アラ」

満月が、桜の隙間《すきま》に浮かんで見えた。

「おや、満月だ」

総角も気づいたらしい。

そのことに、ざくろは少し、驚いた。

朴念仁《ぼくねんじん》だと思ったが、それほどでもないらしい。

「ひと仕事終えて見る桜は、格別に綺麗《きれい》ね」

同意を求めるでもなく、ざくろは微笑みかけた。

総角も笑顔になった。


はらはらと散る桜の中、ざくろはたいそう満ち足りていた。

第二幕

蒸気機関車が橋を渡る音が、車内に響き渡る。

いつもうるさい豆蔵が静かなのは、窓に張りつくようにして外を見ているからだ。よほど車窓の風景がめずらしいのだろう。

「お弁当を持たせてくれるなんて、櫛松さんはお母さんみたいだね。――でもお昼にはまだ早いから、先にこっちをいただこうか」

総角はそう言いながら、弁当の包みの上に、駅で買ったいくつかのみかんを置いた。

いつもなら明るくにぎやかな反応を示すだろうに、隣のざくろは黙ったままだ。

心ここにあらずといった風情で物思いにふけるざくろは、萎《しお》れかけた花のように見える。

妖人省にいた今朝までは、少し上の空なときがある程度だったが、汽車に乗り込んでからは口を閉ざしたままだ。

何を考えているのか。

……数日前、遠い村から初老の男性が、ひとり妖人省を訪ねてきた。

ざくろのようすがおかしいのは、あのときからだ。

*

妖人の起こした事件の解決を求めて、妖人省へやってくる者はまだ多くはない。

そのため、洋館の広間に民間人がいるというだけで、半妖の少女たちは沸き立っていた。

「えぇと……」

櫛松と対峙した初老の男は、困惑したような面持ちをして禿頭《とくとう》を拭《ぬぐ》っている。人身とはいえ、飯綱の櫛松は狐面であり、妖人に縁のない者は慣れるまで時間が必要だった。

櫛松はそんな状況を察しているから、特に相手を促すこともなく待っていた。

「今日こちらに伺いましたのは、そのォ、……こちらでは、妖人の関わる怪異のご相談に乗っていただけると、耳にしたンですよ」

やっとのことでそう切り出した来客が、困惑しつつ自分の後ろに目をやっているのに気づき、櫛松は振り向いた。

廊下に面した引き戸があいており、そこからざくろたち、半妖の少女が四人とも、物珍しげにこちらを窺《うかが》っている。

客人は、櫛松の妖人とすぐにわかる人身狐面や、茶を運ぶ使用人の三葉杏にではなく、この少女たちに戸惑っていたのだ。

「コラッ、お行儀悪いよおまえたち！」

さすがに櫛松は少女たちを叱《しか》りつけた。

だが、ざくろを始めとする少女たちは驚きの声をあげて引き戸を閉めかけたものの、わずかにあいた隙間から、まだ覗き見ている。くすくすと漏れる笑い声は、転がした鈴のように軽やかだ。

「すみませんねェ、外部から相談に来られる方はまだ珍しいもので……」

「はァ……」

客は戸惑いつつもうなずいた。

「お気になさらず、お話を進めてくださいな」

「──実は、私《わたくし》どもの村で、最近、女子どもが行《ゆ》き方《がた》知れずになるのです」

男は訥々《とつとつ》と語り出した。

「行き方知れず……」

「はい。それが、ひとりふたりではなく……四人こえたあたりから、これはただの行き方知れずじゃないようだ、ひょっとしたら神かくしじゃないのかと言い出す者もおりまして……こちらに相談に上がったのです」

客は、沈んだ声でつづけた。

「お話はわかりました。──確かに、尋常ならざる事件のようですね。我が妖人省から、一組、遣わしますので」

櫛松はそこで、うなずいた。

「櫛松！」

引き戸ががらりとあき、ざくろがとび込んでくる。

櫛松が振り返るより早く、ざくろが卓の傍まで小走りに近づいた。

「コラざくろ！　まだ話の途中……」

「その件、ざくろ総角組、行きます！」

客は驚きのあまり言葉を失っていたが、櫛松は驚いたわけではなかった。

「ざくろ」

「お願い」

何か言いかけた櫛松を、ざくろは遮る。

痛々しいまでに、真剣な表情を浮かべて。

＊

それを、廊下を通った総角も目撃したのだった。

その場で櫛松に呼び止められて説明を受け、準備するのに一日を費やした。

今朝、妖人省を出発するとき、櫛松はひどく心配そうにざくろを見ていた。ざくろはそれに安心させるよう笑ったが、その笑顔も総角にはどこかこわばりがちに見えた。

あのときの、ざくろらしからぬさまには何か意味があるのだろう。総角はそう考えはしたが、それをざくろに問うことはできなかった。まだ、口に出して尋ねられるほど、自分たちは親しくはない気がしたのだ。

揺れる客車の中、膝の上で総角はみかんの皮を剝《む》く。

「今年のみかんは甘くてやわらかいって、行商のおばさんが自慢してたよ」

皮を剝き終え、目立つしろい筋を取る。

さきほどまで窓の外を眺めていた豆蔵が、みかんの匂いに釣られたのか、目をきらきらさせて総角の膝にとりすがった。

総角も最近は、妖人省にいる妖人たちには慣れてきていた。いたずら好きの豆蔵が、やたらと脅かそうと、しきりにあれこれ仕掛けてきたからだ。

さすがに何度も天井からぶら下がられれば、そういうものだ、と慣れもする。

総角は、ぼんやりと半ばうつむいているざくろの手を取り、そっと剝いたみかんをのせてやった。

「はい、どうぞ」

「なぁなぁ兄チャン、ワシのぶんー」

騒ぐ豆蔵の声に我に返ったざくろは、ゆっくりと目を上げる。その顔には、かすかな驚きの色が刷かれていた。

「……ありがと」

「どういたしまして」

――君がそんなふうに静かだと、妙な気分だね。

そう言おうとして、総角はやめた。

「はい、豆蔵」

ざくろは手の中のみかんをふたつに割ると、半分を豆蔵に差し出した。どうやらこれは無意識の動作らしい。

豆蔵は喜々としてそれを受け取り、うれしそうに人気《ひとけ》のない車内をぴょんぴょんと跳ねる。

ざくろはそれを注意することなく、みかんを一房、口に運んだ。


汽車を降りてから馬車を乗り継いで、目的の村に辿《たど》り着いたのはすっかり陽が暮れてからだった。

「遠いところから、よくいらっしゃいました」

妖人省を訪れた初老の男は、村の世話役のような立場らしい。元々は庄屋だったのが、隠居をして、今は自由が利くようだ。そのため、わざわざ街まで足を運べたのだろう。

「こんな辺鄙《へんぴ》な村ですから、宿屋もありませんので……」

招き入れられたのは世話役が住まう屋敷だった。その廊下を、ざくろと総角は男に案内され、後ろについて進む。

ふと気配を感じたざくろが振り向くと、どうやら男の孫らしい子どもたちが、廊下の角からこちらを覗き見ていた。

好奇心に満ちた子どもを見て、ああ、とざくろは納得する。こんな可愛い子たちがいるならば、さぞや不安だろうと。

ぼんやり考えていたら、世話役の声が聞こえてきた。

「このような部屋しか用意できませんでしたが……」

招き入れられた部屋は狭かった。屋敷自体、隠居した老人の住まいだから広くはないようだ。

しかしざくろは、急ごしらえの客間に目を瞠った。納戸を改造したらしい部屋は、天井から洋灯《ランプ》が吊《つる》されている。

その灯《あか》りの下には夜具が二組、ぴたりとくっついてのべられていたのだ。

「え⁉ ちょ」

「では、ごゆっくりおやすみください」

世話役はざくろの狼狽《ろうばい》に気づかないのか、にこやかに引き戸を閉めた。

「えええええ⁉」

「やっといつもの調子が出てきたね」

その騒がしい反応に、総角が言う。ざくろはきっと振り向いた。

「何のんきなこと言ってるのよ！」

「いや、君がなんだか元気がないから」

「それよりこれ！　こんなのいやよ！　破廉恥《はれんち》な！」

ざくろは夜具を指さした。

総角は、真っ赤になったざくろの顔を見て、ああ、と了解した。


ざくろは部屋に入ると、まずくっついていた夜具を引き離した。

「ここから入って来ないでよ」

言いながら、どこから持ってきたのか、夜具と夜具のあいだに石を並べる。

夜具の端から端まで石を並べ終えると、自分の夜具に膝をつき、石の並んだ隙間を指し示しながら総角を見上げた。

「入ってきたら、刺すから」

そう言い放つざくろの手には、刀がある。総角はそれを見てぎょっとした。いつの間にか、腰に差した軍刀を鞘《さや》ごと抜かれていたのだ。

「わかってるよ。僕も帝国軍人。その名をけがすような真似は決していたしません」

総角は両手をあげて恭順の意を示す。

「どうだか」

ふたりのあいだのはりつめた緊張に気づかないのか、ごそごそしていた豆蔵は、いつの間にかざくろの夜具にもぐりこむと、安らかな寝息を立て始めた。

ざくろはそれを、掛け布団の上からごく自然なしぐさで撫でる。

「『理性を失った殿方は、どんな化けものよりも恐ろしいんだよ』って、櫛松が言ってたわ」

「……確かに、櫛松さんの言う通りかもしれないけれど」

総角はそう言いながらも、釈然としない気分だった。

すやすやと眠る豆蔵を見おろしながら尋ねる。

「豆蔵はいいの？」

「豆蔵は友だちよ」

ざくろは目を瞬《しばた》かせて総角を見上げた。

「友だちっていっても、オスじゃないか」

どうやら、ざくろが危機感を覚えているのは人間相手だけのようだ。

やれやれと総角は立ち上がった。

夜具と一緒に用意されていた寝間着に着替えるべく服を脱ごうと合わせに手をかけると、

「な、何やってるの!?」

ざくろが真っ赤になって叫んだ。

え、と総角は動きを止める。

「何って、着替えようと思って」

「乙女の前で破廉恥な真似しないで！　そういうことは、外でやって！」

ざくろは喚《わめ》き立てると、用意されていた寝間着を一組、総角に押しつけた。

ぽかんとしていると、総角は廊下に押し出され、鼻先でぴしゃりと戸を閉められた。


すったもんだで、総角が部屋の外で着替え、その間にざくろも部屋で寝間着に着替えた。

少女と同じ部屋で眠るのは、さすがに総角も緊張する。

だが、それより気になっていることが、総角にはあった。

部屋の灯りを消し、夜具に横たわると、室内はしんと静まりかえる。ときおり、豆蔵の立てるすぴすぴという音が聞こえるくらいだ。

「……ねえ」

「刺すわよ」

暗い天井を見上げながら総角が声をかけると、すぐに答えが返る。

「そうじゃなくて、……訊《き》いていいかな？」

「何よ」

「この事件の話を聞いてから、君のようすはおかしいように、僕には思えたんだ。……もしそれが僕の思い込みでないなら、理由を聞かせてほしい」

総角の言葉に、しばらくざくろは答えなかった。

ざくろの怒りを呼び覚ましたのだろうか。総角がそう考えると同時に、ざくろが口を開く。

「……わたしが、――いいえ」

静かな口調は、いつもの彼女と異なっていた。

総角はそっと頭を動かして、ざくろのほうを向いた。

暗がりだが、横たわる彼女の顔の輪郭は見える。

「わたしと薄蛍、雪洞と鬼灯が半妖なのは、知ってるでしょ」

「聞いてるよ。狐と人間との半妖だよね」

用心深く総角は肯定する。

「じゃあ、半妖がどうやって生まれてくるか、知っている？」

「いいや」

総角は短く答えた。

「……お腹に」

そこでざくろは言葉を切った。

声が一段と低くなる。

「子どものいる人間の女が神かくしに遭い、帰ってきたときには、お腹の子は半妖と化している」

「……え」

思いがけないざくろの言葉に、総角はまばたく。

「神かくしから戻った女は『狐憑《つ》き』と呼ばれ忌み嫌われ、生まれた子どもは大抵すぐに殺される」

つづく言葉は淡々として、ひどく機械的だった。

「そんな、ひどい……！」

思わず総角は起き上がった。

見ると、闇に浮かび上がるざくろの顔には、うっすらとした微笑みが浮かんでいた。

「わたしの母さまは、二度、神かくしに遭って、……二度めは帰ってこなかった」

夢見るような顔つきが一変する。

ざくろは夜具に顔を伏せた。

「だからわたしは、神かくしと聞くと冷静ではいられない。……母さまの手がかりが、何か摑めるんじゃないかと思ってしまう……！」

夜具を握りしめるざくろの手が震えているのが、暗がりの中でも、総角にははっきりと見えた。

思わずその手を握ろうと、総角は手を伸ばしかける。

だが、夜具と夜具のあいだに置かれた石の境界線に、総角は手を止めた。ここを越えてはいけない、……今は彼女に、たやすく触れてはいけない。

「きっと」

こうして、言葉をかけることしかできない。

今は、まだ——。

「御母上はいずこで元気にしてらして、……いつも君を、想っているよ」

＊

ざくろは総角を見上げると、ゆっくりとまばたいた。

慰めの言葉が、ゆっくりと心に染み込んでいく。

「……ありがとう」

思わず上掛けで顔を隠しながら、礼を口にした。

総角の言葉が、根拠のない慰めだとわかっていても、今はそれがうれしかった。

だが、素直に礼を言いはしたものの、恥ずかしさがこみ上げてくる。

「……それと、汽車の中で、みかんを剝いてくれたのも、ありがとう」

「どういたしまして」

総角は自分の夜具に戻ると、ざくろに笑顔を見せた。いかにも育ちのよい、朗らかな笑顔だった。

「でもあのみかん、酸っぱかったわ」

「はは」

照れ隠しでそう言うと、総角は気にしたふうもなく笑った。

その陰りのない明るさが、今のざくろにはありがたかった。

翌日は、朝餉をいただいてから、村の中を見てまわった。

村人にそれとなく話を訊いてまわったが、どうも、口が重い。それは何かを隠していると言うより、半妖のざくろが怖ろしい、あるいは忌んでいるようだった。

途中でそれに気づいた総角は、ざくろに不快な思いをさせたくなかったので、察してからは自分が村人に率先して話しかけ、事情を訊き出した。

そうして得た村人の話をつなぎ合わせると、村はずれ、山の麓《ふもと》にある洞窟《どうくつ》が怪しいのでは、という結論が出た。

前々からその山には誰も好んで入らず、洞窟は浅いが、どうにもいやな臭《にお》いがするので、村人はできるだけ近寄らぬようにしているらしい。また、その必要もなかった。

その洞窟にふたりで向かって検分したが、どうにもたいした成果は得られそうになかった。

「うゥん……」

ざくろは洞窟の入り口から中を覗くと、考え込んだ。

洞窟とはいえ、それはとても浅く、奥まった突き当たりの壁にはかすかに陽が当たるほどだ。

「いかにも怪しげな洞窟だと思ったんだけど……こんなにすぐ行き止まりじゃアね」

ざくろはその行き止まりで上を見上げた。

総角に同意を求めて振り向くが、傍《かたわ》らには誰もいない。

視線を向けると、洞窟の入り口で総角がこちらを覗いている。

「どうして入ってこないの」

「怖いから……」

予想通りの返事に、ざくろは深く溜息をついた。

相変わらず、総角は妖人が怖いらしい。豆蔵に慣れたといっても、不意打ちで天井からぶら下がられると、一瞬は呼吸を止めている。

「今のところ、手掛かりはまるでナシね」

洞窟から村へ戻る道すがら、ざくろは深く溜息をついた。

「あとは村の人に話をきいてみて……」

「ん?」

総角の言葉ではなく、ざくろは目に見えたものに反応した。

物陰から、少女がこちらを見ているのが視界に入ったのだ。

その少女は、ざくろが目を向けると、ささっと姿を隠してしまう。

「あれ、あの子……」

総角も気づいたようだ。ざくろはそれへ、しっと唇へ指を当てて見せ、そろそろと道端の木立に隠れる。ざくろの意図を総角も了解したのだろう、それに倣った。

しばらくすると少女がまた顔を覗かせたが、ざくろたちの姿が見えないため、不思議そうに道へ出てくる。

「わッ」

ざくろはその後ろに行くと、声をあげた。

出てきた少女と、その後ろにいた幼い少年が、跳び上がって驚く。

「きゃっ！」

ざくろはにこにこと子どもたちに問いかける。

「何してるの？」

やがて他にも子どもたちがわらわらと現れて、ざくろにまといつき始めた。

ざくろの頭には半妖の証《あかし》である飯綱の耳がついているのだが、子どもたちは気にせず、ざくろにあれこれと話しかけている。都会から来た若い女性が珍しいのだろう。ざくろもいやがらず、それに何かと答えている。

そのさまを総角は、微笑ましく眺めた。

ざくろは子どもの持っていた独楽を借りて、遊び始めたようだ。

総角はそれを止める気にもなれず、遠くも近くもない丘の上に座って眺め下ろすことにした。

しばらくそうしていると、ふと、ざくろが総角の視線に気づいたのか、顔を上げる。

ざくろが子どもたちと言葉を交わすと、子どもたちは手を振って去っていく。

「何ニヤニヤしてんの」

丘を登ってきたざくろは、総角を見おろすとどことなくばつのわるそうな顔つきで、言った。

「え？　してないよ」

「してたわよ。――今、あの子たちに神隠しのことを訊いてたんだけど」

ざくろは総角の隣に腰をおろすと、後ろに手をついた。

「ああ、君、ちゃんと調査してたんだ」

「あたりまえでしょ！　ただそこらに座ってニヤニヤしてた人とはわけが違うの！」

ざくろはキッとまなじりをつり上げると、身を起こして総角を睨みつけた。

「してないってば。……それで？」

総角はその勢いに押されつつも尋ねる。

「それで……」

丘の下から、人の声が聞こえた。見ると、子どもたちが親に呼ばれて駆けていく。

ざくろはふと立ち上がると、よろよろと立って前に進み、それを見おろした。

「君……？」

明らかに様子がおかしい。総角も立ち上がり、ざくろに近づく。だが、ざくろは振り向きもしない。

＊

(かわいそうにね……)

ざくろの耳を打つ、囁き。

それはざくろにしか聞こえていなかった。

(ひとりぼっちで淋《さび》しかったろう……?)

子どものころ。一緒に遊んでいた子が、迎えにきた母と連れ立って帰っていった。そのときの情景が、ざくろの脳裏にありありと浮かぶ。

あのときの、胸を吹き抜けるような淋しさも。

(おいで……)

「君!」

「!」

突然の大音声に、ざくろはハッと我に返る。見ると、足もとはもう一歩でも進めば丘から転げ落ちているところだった。

誰かが、呼んだのだ、自分を。

「あ、エエト……あの子たちが言うには、消えた子はみんな、消える直前、誰かに呼ばれてるみたいだったって……」

ざくろは、得体の知れない嫌な感じを拭おうと、思い出しながら言った。

「――今の君みたいに？」

総角の言葉に、ざくろは目を瞠った。

自分の状態を悟られていたことにも驚いたが、さきほどの呼び声がそれだったと気づいたからだ。

「わ、わたしはただボォッとしちゃっただけよ。……とにかく、そういうことらしいわよ！」

ざくろはそう言い放つと、丘を下る道へ向かう。

振り向かずとも、総角が丘の上から自分を見つめているのが、わかった。


その後もう一度、村人に聞き込んだが、やはり特にたいした情報も得られぬまま、滞在している世話役の屋敷に戻った。

世話役は、事件が解決するまでは気楽に滞在してくれてかまわない、と言う。だが、そうも気楽になどしていられるはずもなかった。

これまで得た情報をあわせて考えると、いなくなった女や子どもは、明らかに人外のものによって連れ去られたとしか思えなかった。しかも、村の外に出た形跡はない。

小さな村で、山の麓にあるから、村から出て行くには道が限られる。その道は田畑に面しているから、誰であろうと通ればわかるはずなのだ。

山に向かった可能性もなくはないが、村人が山へ近づくことはほとんどない。それに、あの洞窟が見つかる前から、用もなく山へ近づくことは禁じられていたという。迷いやすく道も不明瞭《ふめいりょう》であるためだ。

総角とそういった内容を話し合ってから、前夜のようにざくろは眠りに就いた。

＊

子どものざくろが、薄野原に立っている。誰もいない夕暮れ。遊んでいた子どもたちは帰ってしまった。

茜色《あかねいろ》の夕焼けが、ひどくもの悲しい。

(……かわいそう……)

幼いころは、ひどく淋しかったことを憶《おぼ》えている。どうしてそんなにも強く孤独を感じたのかは、よく思い出せないのだけれど。

(かわいそうにね……)

誰かが呼んでいる。
ざくろはふと、あたりを見まわした。
（おいで……）
やさしい呼び声。
それに釣られるように、ざくろは歩き出した。
（おいで。……おいで）
抗《あらが》いがたい力が、その声には秘められていた。
ざくろはゆっくりと、歩きつづける。
（お　い　で）
まるで、引っぱられるように……
ふいに腕を摑まれ、ざくろの意識がふわりと浮き上がる。
「やっぱり」
凜《りん》とした声に、ざくろはゆっくりと振り向いた。
軍服姿の総角が、ざくろの腕を摑んでいる。
「呼ばれてたんだね」
怖いほど真剣な顔つきをした総角の声にざくろは目を瞠った。
摑まれた腕が熱い。

「え……!? あ、わたし……!?」

気づくと、寝る前に着替えた寝間着姿で夜空の下に立っていて、ざくろはうろたえた。そのさまを見て、総角は手を放す。

「でも、君の読みは当たってたね」

「え……?」

「言ってたろ? この洞窟が怪しいって」

冷たい夜気で、自分が外に立っていたのはざくろも気づいていた。だが、総角の言葉に改めてあたりを見回す。

横を向いた総角の視線の先には、昼間に来た洞窟。

「それなら行かなきゃ……!!」

「その前に、はい、着物と下駄と、あと豆蔵」

総角はそう言うと、どこからともなく取り出した荷物を、どさどさとざくろに渡した。そして最後に、まだ眠っている豆蔵をずいっと差し出す。

「………」

ざくろは呆気に取られて総角を見上げた。

「何?」

すると総角はいつもの調子で首をかしげる。

「なんでもない」

ざくろはどうしてか安堵を覚え、微笑んだ。


用意周到な総角は、提灯も持ってきていた。

ざくろはそれを手にして、ためらわず洞窟内へと足を踏み入れる。

「昼に来たときは、すぐ行き止まりだったのに……」

先へ進むざくろの後ろから、総角が恐る恐るといった態《てい》でついてくる。怖がりは相変わらずだが、その頭には半ば眠っている豆蔵がもたれかかっているのだから、少しは進歩したと言えなくもないだろう。

「それに、すごく嫌な臭いがする……」

洞窟は、行き止まりだった部分よりさらに先へ行くと、禍々《まがまが》しい生臭さと湿気が満ち始めた。

頭上からパタリ、と水滴が落ちてくる。肩に当たった水滴に、総角が悲鳴をあげた。

「み、水がァ！」

「ちょっと！　怖がるにしても、もうちょっと静かに……」

その声に思わずざくろは振り向く。

（……いで）

——と、またあの声が、した。

総角の悲鳴の残響が消えていく、洞窟の中で。

（おいで……）

「また、呼ぶ声が聞こえてる……幻聴？」

「いや、……今度は僕にも聴こえてる」

総角が、首を振った。

ざくろは、そう言った総角の後ろをまじまじと見た。

大きな、丸い、影。

「後ろ！」

その丸い胴体から伸ばされた腕が総角を摑む寸前、ざくろは彼の腕を引っ張って後ろへ下がった。

さきほどまで総角の立っていた空間を、びゅッ、とその物怪《もののけ》の手が凪《な》ぐ。

「うわッ」

『オィデエ……』

物怪はケタケタと笑い声をあげた。

「神かくしなんかじゃない……」

「………」

総角は真っ青になってそれを見る。言葉もないようだ。

「こいつが喰《く》ってたんだ……！」

ざくろは思わず叫んだ。

立ちはだかる物怪は、洞窟の天井に頭がつくほど大きかった。横幅も、通路を動くことはできないかもしれないほどには広い。

その大きな丸い胴体は、滑稽《こっけい》な顔そのものでもあった。目と口がついており、口からはぐちゃぐちゃと音が聞こえる。

口の端からはみ出ているのものが、提灯のあかりで総角にもはっきりと見えた。

人間の、手足。

総角が硬直していると、ぶん！　と音を立てて、再び物怪の腕が叩きつけられた。ざくろは素早い動作で総角の軍刀を抜くと、その腕を受け止め、薙《な》ぎ斬る。

とたんに物怪は、濁った悲鳴をあげた。そのさまが、総角を震え上がらせる。

だが、ざくろは違った。

「やっぱり軍刀じゃ斬り払うのは無理か！」

痛みのあまり悶《もだ》えのたうつ物怪は、来た道を完全にふさいでいる。どちらにしろ、斬り捨てなければ戻れないだろう。

「豆蔵！」

「おぉ！」

ざくろが呼ぶと、完全に目をさましたらしい豆蔵が、自分の口からずるりと花の枝を抜き出した。

ざくろはそれを受け取ると、びゅッと振り払う。

振ったとたん、それは刃に変わった。

『グ……グ……いだいよォ……』

物怪は、苦しそうに呻《うめ》きながらざくろを見た。

「そうでしょうね。痛くしたんだから！」

『そんなこと言うと、やざじぐじてやんないぞォ～』

ざくろの厳しい言葉に、物怪は大音声で泣き出した。

「ちょっと！　アンタも手伝って！」

ざくろは、腰を抜かしてへたり込んでいる総角を振り返った。

総角は、雷獣退治で薄蛍と双子が唄ってざくろを支援していたのを思い出す。

「えええええ?!　ぼ、僕が唄うのかい?!」

「そうじゃなくて！　ハイ軍刀持《これも》って！」

抜き身の軍刀を差し出され、総角は口をぱくぱくさせる。

「これじゃ斬り払えないって君、言ってたよね!?　たった今!!」

「無理って言っただけよ！」

ざくろはきりきりと眉をつり上げたが、深く息を吸う。

物怪はそのうち、回復するだろう。急がなければならないが、慌ててもいけない。

そっと、息を吐く。

「普通の人間のアンタに、アイツを斬るなんて無理よ。そうじゃなくて、……この酷《ひど》い臭い、なんだかわかる？」

ざくろはじっと、総角を見た。

その真摯《しんし》な表情に、総角もハッとしたような顔をする。

「アイツが喰った、人間の臭いよ」

ざくろは言いながら、振り向いた。

物怪は、濁った音を発しながら、ゆっくりと身を起こす。

その丸い胴体についた顔には、醜く歪《ゆが》んだ笑みが浮かんでいた。

「死体を腹の中に溜《た》め込んで、腐っていくのを楽しんでる」

『そうだよォ』

物怪は、粘った笑い声を立てた。

不愉快になるほど、楽しげに。

『オンナとガキのやわらかァいお肉が腐る臭いが、ダぁイスキ』

総角の恐怖心が、腹の底からわき上がった冷たい怒りに吹き飛ばされる。

ざくろに渡された軍刀の柄《つか》をぐっと握りしめると、総角は素早く立ち上がり、地面を蹴った。

「この……！」

「あ、ちょっ、今度は先走りすぎ……！」

軍刀を振りかざした総角の腕が、ひょいと伸びた物怪の手に掴まれる。

「うわァッ」

物怪は軽々と、総角を持ち上げた。

『んン〜？』

目の前に総角をぶら下げ、じいっと眺める。

その目の不気味さも、腕を掴むぬらぬらした感触も、総角の恐怖を煽《あお》りはしない。

ただ、怒りだけが。

『なァんだ、男かァ〜』

「う、……く、ッ」

腕をギリギリと締めつけられ、総角は顔をしかめた。物怪の力は相当に強い。

『男の肉は、おいしくないけどォ』

「ああ……ッ!!」

ぎちぎちと締め上げられた腕が、ちぎれそうに痛む。

物怪の口が、大きく開いた。

『まァ、いいかァ～』

「女もいるの、忘れないでよ！」

総角が大きく開いた口に放り込まれそうになった瞬間、物怪の頭上から声がした。

ドス、という鈍い音がして、ざくろの手にしていた刀が物怪の頭を貫き、上顎《うわあご》から鋒《きっさき》を覗かせるのを、総角は見た。

喉《のど》の奥から、咆哮が放たれる。地面に放り出された総角は、慌てて耳を覆った。

咆哮は洞窟に響き渡り、頭上の岩がその震動を受けて崩れ始める。

「行くわよ！」

ざくろは叫ぶと、尻餅をついていた総角の腕を引っ摑んだ。さっきまで物怪の強力で引きちぎられそうだった腕が、今度は華奢《きゃしゃ》な少女の手に摑まれる。この引っ張る力は不快ではなかった。

彼女に引かれるままに、総角は走り出す。

頭上から細かな砂礫《されき》が落ちてくるのを避《よ》けながら、ふたりはたちまち洞窟の外に出た。

それと同時に、ガラガラと音がして、洞窟が半ば埋まっていく。

外はすでに空が白み始めていた。

朝まだ早かったが、ざくろと総角は急いで戻り、世話役にことの次第を知らせた。

たちまち村中に、洞窟の物怪が神かくしの犯人だったと伝わった。

陽が昇ってから、村中総出で洞窟を掘り起こして物怪の死骸《しがい》を確認することとなり、それにはざくろと総角も立ち会った。

意外にたやすく掘り起こされた物怪は、ざくろの攻撃を受け、完全に死んでいた。

岩や土に押しつぶされ、その大きな口からは、腐った人間の死骸の一部がはみ出していて、村人たちをえずかせた。

同時にかれらは、行き方知れずになった者たちの末路を知ったのだった。


神かくしの原因が断ち切れたのならば、すでに総角とざくろにはこの村に滞在する理由はなかった。死者の弔いまでは妖人省の請け負う範疇《はんちゅう》にはない。

村を去る道すがら総角がぼんやりとしていると、ひょい、とざくろが隣から顔を突き出した。

「何をボォッとしてんの」

「いや、……今回は、つくづく君に助けられてばっかりだったなァって思って……」

総角は、深く溜息をつく。

今回どころか、今のところはほとんどそうだ。

妖人が苦手とはいえ、これではあまりにひどすぎる。

帝国軍人の名折れではないか。

「そんなことないわよ」

総角の鬱々《うつうつ》とした思いをあっさりと打ち砕いたのは、ざくろの声だった。

「え……　どこが!?　ねえどこが!?」

総角は思わず立ち止まり、子どものようにざくろに問う。

ふん、とざくろは鼻を鳴らした。

「あァもう、鬱陶しい！」

ざくろはそう喚くなり足をはやめた。

だが、彼女が怒っているのではないのは、少し遅れて歩き出した総角にもわかった。追いついて、横でちらりと見ると、その横顔は漂う空気と同じくとても穏やかで、微笑む一歩手前のようにも見える。

総角はホッとした。往路の、生気のないさまをもう見たくないと思ったからだ。

元気のない彼女を見たくないと思うのは何故か、総角は考えようとして、――やめた。

雨竜寿と櫛松への報告を終え、部屋に戻ろうとすると、薄蛍が廊下で待っていた。

「ざくろ……」

何故か彼女は恥ずかしそうに顔を赤らめている。

「なあに、薄蛍」

「その……総角さんと一夜を共にしたって聞いたけど、本当?」

「なァんですって⁉」

ざくろはたまげて大声をあげた。

薄蛍の後ろで、双子たちがキャアキャアと騒ぎ立てる。

「ざくろったら!」

「大人ですわ!」

「大胆ですわ!」

「だって、同じ部屋で寝たって聞いて……」

「‼」

薄蛍の言葉に、ざくろは思わず、キッと総角を振り返った。

「違う! 僕はまだ誰にも何も」

こぶしを握りしめたざくろの脇を、ひょいひょいと豆蔵が跳ぶように歩く。

と、廊下の角を曲がってきた花桐に、豆蔵はとびついた。

「なあなあ、知っとるか？　あの兄ィちゃんとざくろ、なあ……」

「ま・め・ぞ・うー!!」

思わずざくろはわめく。

「暦だと一昨日《おととい》は『執《とる》』で、婚姻と物作りにいい日だったし……」

だが、豆蔵の言葉を信じてしまった薄蛍はさらに言いつのる。

「ち、違う違う！　違うったらァ！」

ざくろは顔を真っ赤にして叫んだ。

第三幕

明るい陽射しは、まだ高くはない。

ざくろは二階の廊下で手摺《てす》りにもたれかかって、ぼんやりと庭を見おろした。

庭では、総角と利劔が上半身の着物をはだけ、素振りをしている。花桐がいないのは、下から双子の声が聞こえるので、恐らく捕まっているのだろう。

竹刀《しない》を振る音は、二階にいるざくろにも聞こえた。

先革《さきがわ》が空を斬り裂き、そのたびにきらきらと汗が散るのが、陽を返してきらめく。

それを眺めていると、先日の、総角とのやりとりがふわふわと脳裏によみがえった。

(今回は、つくづく君に助けられてばっかりだったなァって思って……)

最初は外見で惹《ひ》かれ、その中身を知って幻滅した。

西洋の王子様みたいな顔をして、本気で妖人を怖がっていたくせに。

まさか、あんなことを言うとは、思わなかった。

――外見がいいだけで、実はヘタレの見かけ倒しだと思っていたが、どうやら総角は違うらしい。

どこか生真面目で、自分の弱点を克服しようとしているのが、ざくろにもわかる。

おかしな男だ。

ざくろが拍子抜けしたのは、妖人を怖がるくせに、蔑んではいない点だった。

妖人を怖れる人間は、たいていが忌み嫌ってもいた。少なくとも、消極的な拒絶をざくろはたびたび感じてきた。

なのに総角は、そうではない。怖れているくせに、その恐怖を克服しようとしている。歩み寄りを見せる総角は、よほど育ちがいいのだろう。

総角が、妖人だから、と言って自分を怖がるのに対して、ざくろは憤慨していた。

だが、最近は妖人というより、ひとりの『ざくろ』として見られているような気がする。

そして多分、総角はざくろを、自分よりかよわい少女として認識したのだろう。あの発言は、年下の少女に助けられた自分を恥じていたように聞こえた。

「つまんないこと気にしちゃって……」

ふう、とざくろは溜息をついた。

胸のうちがもやもやする。

総角のことを考えると、何故かもどかしくなり、苛立ちに似た息苦しさを感じるようになった。

それはだが、不快ではなかった。

だが、このもやもやがなんなのか、知りたくなる……。

「何見てるの？　ざくろ」

物思いにふけっていたざくろは、唐突にかけられた薄蛍の声に、跳び上がりそうになった。

「す、薄蛍」

振り向くと、近くで薄蛍がにこにこと笑っている。

「ぼんやりしちゃって」

「べべ別に!?　空がキレイだなァって……」

「本当ねぇ」

薄蛍はにこにこしながら、手摺りに手をついて身を乗り出した。と、眼下のふたりが目に入ったようだ。

「あ、利劔さまに、総角さん」

何故かざくろはどきりとした。薄蛍が総角の名を口にしたとき、どうしてか、自分の考えていたことを透かし見られたような気になったのだ。

「総角さんがこんなに熱心にお稽古してるなんて、めずらしいわね」

「………」

そうでもない、とざくろは言おうとしてやめた。

あの男は人に見えないところでこっそり努力をすることが多いだけだ。しかし、それを言えばまるで総角を庇《かば》っているように聞こえただろうし、何故そんなことを知っているのかと訊かれたらうまく答えられないことに気づいて、ざくろは口をつぐんだ。

薄蛍の横顔にちらりと目を向けると、微笑を浮かべている。その視線の先にはもちろん、芳野葛がいた。

「それより薄蛍、利劒に手ぬぐいでも持ってってやれば？」

「え!? そんな……」

ざくろが言うと、薄蛍は声を大きくした。

見ると、頬がうっすらと上気している。

薄蛍は目を伏せた。

「そんなだいそれたこと……」

「だいそれたって、汗かいてるんだもの、利劒だって助かるんじゃないの」

「そうは言っても、わたしと利劒さまは、ざくろと総角さんみたいに進んだ間柄じゃないもの」

「！」

ざくろはふき出しそうになった。

前回の任務のあとで、豆蔵が言いふらした『ざくろと総角は夜を共にした』という嘘《うそ》を、薄蛍はまだ信じているようだ。

話を聞いた者のうち、双子は事実と違っていることをわかっていながら冷やかし、芳野葛は取り合わず、花桐もすぐに誤解を解いたが、薄蛍だけは信じ込んでしまっているのである。

「だから、あれは誤解なの！　相部屋だっただけなんだってば！　任務だもの、仕方ないでしょ！」

ざくろは弁解の声を荒げた。

「でも……」

素振りを終えた総角と芳野葛がこちらを見上げるのに気づきながらも、ざくろは叫んだ。

「だから、任務だってば！」

＊

午後になって櫛松に呼ばれてゆくと、そこには芳野葛もいた。

「薄蛍と芳野葛少尉には、午後から任務に向かってもらうよ」

「任務？」

薄蛍と同時に、芳野葛も声をあげる。

「そう、おまえたちふたりで担当する初任務だよ、薄蛍」

櫛松は言い聞かせるように告げた。

「あ……」

隣の芳野葛が案じるように自分を見ているのを、薄蛍は感じた。

ざくろと違って、薄蛍はひとりでこの敷地内から外出することがほとんどなかった。出るにしても、同じ半妖であるざくろや双子たちと一緒だった。

芳野葛と一緒に、ということが不安なのではない。ただ、未知の行動に戸惑うだけだ。

「この住所へおゆき。詳しい話は直接先方から聞くといいよ」

櫛松は、卓に一葉《いちよう》の紙片を置く。

「あ、あの、わたし……ざくろのように、上手に戦う自信が……」

薄蛍は、意を決して口を開く。

そこまで言うのがやっとだった。

と、櫛松は力づけるようにうなずいて見せる。

「そう思って、今回は戦う必要のなさそうな任務にしておいたよ」

「あ……よかっ……」

その言葉に緊張がほぐれ、薄蛍は小さく息を吐く。

「それに」

芳野葛の声に、薄蛍ははっとして顔を上げた。

見ると、芳野葛の凜としたまなざしが、櫛松に向けられている。

「何かあったときは、自分が薄蛍を守ります」

その言葉に、薄蛍は目を瞠った。

たちまち頬が熱くなる。

きっと今、自分の顔は熟した林檎《りんご》のように赤くなっているだろう。薄蛍はそう思った。

「頼んだよ、芳野葛少尉」

櫛松の声が、遠くで聞こえた。


任務先はざくろと総角たちと異なり、街中で、妖人省からはさほど遠くなかった。かといって、徒歩では着くのが遅くになってしまう。そのため、まずはふたりで乗合馬車の停車場に向かった。

停車場までの石畳の道を歩きながら、薄蛍はあたりを見まわした。妖人省から出るときはいつも、ざくろや双子たちと一緒だったから、芳野葛と一緒に歩く今は、何もかもが新鮮に感じられた。

行き交う人力車や、大八車を引く荷運び。手に風呂敷包みを抱えていそいそと歩く女性や、お使い途中の小僧など、午後の表通りは賑《にぎ》やかだ。

ふと、薄蛍は、通りに面した店に目を留めた。

小間物店の店先に、簪《かんざし》や笄《こうがい》の飾られた陳列棚が置かれている。その中のきらめきに惹かれたのだ。

足を止めると、すぐに芳野葛も気づいて立ち止まった。

「……どうした」

陳列された簪のひとつに見入った薄蛍は、芳野葛の声にハッとした。

「あ、……いえ、その」

「その赤いのより、そちらの桃色のほうが、おまえには似合う」

芳野葛は、薄蛍の視線に気づいたのか、そう言って陳列棚の一画を指し示した。薄蛍は目を丸くする。

「あの」

「欲しいのか？」

尋ねられ、薄蛍は慌てて首を振った。物欲しげな態度を取ってしまったのだろうか。恥ずかしい。

「綺麗だなと、思って……」

「そうだな。あの桃色のならば、おまえにとてもよく似合うだろう」

芳野葛はうなずく。

真顔で言うのが、ますます薄蛍の羞恥《しゅうち》を煽る。

店の前から逃げるように歩き出すと、すぐに芳野葛も隣についた。

「あの、ありがとうございます……」

「？」

薄蛍が礼を口にすると、芳野葛は不思議そうに、ほんのわずかに眉を寄せた。そのかすかな変化は、よほど注意深く芳野葛と接していなければわからないだろう。

「似合うって、おっしゃっていただけて、うれしいです」

「礼は必要ない。事実を言ったまでだ」

芳野葛の言葉はそっけないが、その言葉にどれほどのぬくもりが込められているか、感じ取って薄蛍はぼうっとなった。ふわふわとしたあたたかい空気に包まれているようだ。地面を踏んで歩いているか、自分でも疑わしく思えてくる。

「行くぞ」

ふいに、芳野葛が歩き出した。先には停車場があり、乗合馬車が停《と》まっているのが見える。

薄蛍は早足の芳野葛を追って、小走りに駆けた。


ふたりが乗り込んだ馬車は、座席に座ると、走り出した。

急いだための動悸《どうき》を薄蛍が収めようとしていると、隣に座った利剱がゆっくりと視線を向けてきた。

「おまえは」

「は、はいッ」

薄蛍は、いつもと違う機敏な動作で芳野葛に向き直った。

「なんでもめずらしそうに見て歩くんだな」

「ご、ごめんなさい。……わたし、はしたない真似を……」

薄蛍は反射的に頭を下げる。

「そうじゃない」

芳野葛の声にやわらかい響きを感じて、薄蛍は恐る恐る顔を上げる。

芳野葛の顔には、いつもと同じ、生真面目な表情しかない。

薄蛍の怖れた、侮蔑《ぶべつ》や叱責《しっせき》の色はなかった。

「ここはまだ妖人省に近い。見慣れた風景ではないのか」

「あ……」

確かにその通りだった。

薄蛍は、膝の上でぎゅっと手を握りしめる。

芳野葛が答えを待っているのを察して、勇気を振り絞った。

「……確かに、ざくろや雪洞、鬼灯たちと、停車場近くまで、お買いものに来たりします。——でも」

そこで、薄蛍は言葉を切った。

臆病《おくびょう》だと思われるだろう。それは事実だという自覚はあったが、それでも、芳野葛にそのように思われるのは、切なかった。

だが、薄蛍はどこかで確信する。芳野葛は、自分が臆病だとしても、それを蔑むことはないだろうと。

「周りを見たり、できなかったから……」

「できない？」

「……わたしたちは、半妖だから……このように異形のものが街に現れると、人間の方たちは、……あまり、よく思われませんから……」

芳野葛が顔を上げ、車内を見まわす気配が伝わってくる。

実際に、薄蛍と芳野葛が乗り込んだときから、同乗の客が向けてくる注視は感じていた。だが、薄蛍はいつもと違って、気にならなかったのだ。

いつもなら、あの刺すような、蔑み、嫌忌の視線が、怖かったのに。

ざくろや双子たちは気にしない。だが薄蛍は、あの視線にさらされると、かすかな痛みに似た感覚を感じていた。

「目が合うのが、怖くて……でも」

顔を上げて、芳野葛の横顔を見る。

客たちの視線を感じても、以前のように痛くない。

悲しい気持ちにも、ならない。

「利劔さまと一緒にいると、平気みたい。お花見のときも、そうでした。——とても、不思議」

ごく自然に、薄蛍は笑みをこぼした。

言い終えると、座席についていた手に、急に違和感を感じる。

「え」

芳野葛が、表情ひとつ変えずに前を向きながら、薄蛍の手を握りしめたのだ。

薄蛍は、収まった鼓動がまた激しくなるのを感じた。
何かを言おうとしたが、握る力がぎゅっと強くなる。
「あ、あの……」
大きなしっかりとした手の、力強さ。
薄蛍は、息をのんだ。
そこから感じる、強い感情。
包み込むような、あたたかさ。
信じられないほどの、大きなやさしさ。
どうしよう、と薄蛍は心の中で呟いた。
頭がくらくらする。
こんなふうに、やさしくされるなんて……。

蔵に挟まれた狭い入り口。その頭上に掲げられた看板には『折屋《おりや》』とあった。
足もとには『ガラクタカラ優レモノマデ』『ヨロズ買イ取リイタシマス』と書かれた板きれが置かれている。

「このお店、みたいですね……」

暖簾《のれん》を手でそっと持ち上げるようにしてから、薄蛍は芳野葛を振り返った。芳野葛がうなずくのを見てから、店内に恐る恐る踏み込む。後ろから芳野葛がついてきているのが気配でわかっていたから、不安はない。

店内は、価値があるのかないのかわからない、雑多なあらゆるものが置かれていた。壁ぎわの棚には皿や杯などの陶器をはじめとして、膳や椀といったものから、反物や巻物、壺《つぼ》の入っているらしい化粧箱、つり下げられた瓢簞《ひょうたん》や、大きな大仏の頭部だけなど、など、など。

そういったものが広い土間に雑然と置かれている店内からは、尋常でない気配が感じられる。

しかしそれは禍々しいものでは決してなかった。むしろ街の雑踏の雰囲気に近い。だが街の雑踏と異なり、薄蛍が半妖であることに対しての悪意は微塵《みじん》も感じられなかった。

薄蛍は、置かれたものに触れないよう注意を払いながら、ゆっくりと店内を進んだ。芳野葛は沈黙したまま後ろからついてくる。彼がいてくれるためか、薄蛍はいつもより容易に勇気を出せている気がした。

言葉の励ましなどなくとも、ただ彼がいれば、それで薄蛍にとっては充分だった。

薄暗く人気のない店内は、まるで蔵そのもののようで、店番を置くような勘定台も見当たらない。

「ご、ごめんくださァい。妖人省の者ですが、どなたか……」

これ以上、勝手に先へ進んではいけないと思った薄蛍は、奥へ向かって呼びかけた。

「ハーイ！」

すると、その声に応《こた》えるように、奥から甲高《かんだか》い声がする。

置かれた器物のあいだを、トトトトッと軽い足取りで駆けてきたのは、薄蛍の腰までしかない小柄な影だった。

「いらっしゃーい！　待ってたヨー！」

近づいてきたのは、目がくるりと大きい少女だった。金魚模様の着物がよく似合っているが、すぐに薄蛍は気づいて目を瞠った。

頭の両側で結った髪から、角《つの》の先が見えている。左右に一本ずつの角。そして彼女は頭に、ころりと丸い小妖を載せていた。

妖人である。

「あの、あなたが、ご依頼主の方……？」

薄蛍はしゃがむと、少女と目線を合わせた。

「ううん！」

少女は元気よく否定してから、あれっ、という顔をした。その視線は薄蛍の頭頂を見ている。

「おねえちゃん半妖じゃん。アタシは鬼っ子だヨ！」

鬼だと名乗り薄蛍が半妖だとわかるということは、正体を隠して人間として生活しているわけではないようだ。

「あの、あなたはここに住んでいるの？」

「うん！　『ゴイライヌシ』はこっちだヨ！」

少女が薄蛍の手を取る。薄蛍は立ち上がると、少女に引かれて店の奥へと進んだ。

「あ、」

「ご主人！　お役人さん来た！」

店の奥には縁側のように突き出した板敷きがあって、少女はそこに膝で乗り上げると、引き戸をガラッと引いた。

「それだけ騒げば嫌でも聞こえてるよ、麦《むぎ》」

畳敷きの和室で、年季の入った高価そうな肘《ひじ》置きに身をもたせかけ、煙管《キセル》をくゆらしていた女性がこちらを見る。

凛とした美しい顔立ちと不釣り合いなすっきりとした断髪。それでいて、匂い立つようななまめかしさを感じさせる女性は目をあげてふたりを見た。

「いらっしゃい、お役人さん。わたしは折形綾《おりかたあや》。――人間よ」

きゃっきゃっとうれしそうにまとわりつく少女を片手で撫でながら、店の主人は気怠《けだる》げに自己紹介した。

「妖人省から来ました、薄蛍です」

薄蛍が振り返ると、長身の芳野葛は鴨居《かもい》で顔が隠れてしまっていた。

「芳野葛利劔、陸軍少尉だ」

それでも芳野葛は自分で名乗った。

奥の間で、折形は手ずから茶を淹《い》れてくれた。

「驚いた？」

その茶を、卓にコトンと置いたのは鬼の少女、麦だ。

「妖人を雇っている人間がいて」

「はい……あ！　いえ、そのあの」

正直にうなずきながらも慌てる薄蛍に、折形はアハハと声を立てて笑った。

「いいのよ」

「ご主人、変わりものだけどいいヒトだヨー。鬼っ子のアタシにもごはんくれるし」

麦が、目をくりくりさせて言う。

「コラ、変わりものとはなんだ」

折形は指で麦の額《ひたい》をはじく。

「あう」

軽い音がして、麦は仰《の》け反《ぞ》った。

薄蛍は驚くが、弾《はじ》かれた麦に暗い空気はない。折形はといえば、愉快そうに笑っている。

このふたりは、稀有《けう》な関係だ。薄蛍は悟った。人間と妖人でありながら、お互いを認め、共に暮らしている……なんという、理想的な。

このように、妖人に歩み寄り理解を示す人間がいると知って、薄蛍は少しうれしくなった。

「……と」

折形はふと、笑みを緩めた。ぽかぽかと仕返しのように叩く麦をやはり片手であしらいながら、彼女は薄蛍に視線を戻す。

「話が逸れてごめんなさい」

そう言うと、自分の後ろを向いて、何かを手に取る。取り出したのは、まるで封印するように朱色の布にぐるぐると巻かれた、細長いもの。

「あなたたちにここに来るようお願いした理由っていうのは」

折形は、結わえられた紐《ひも》をシュッと解《ほど》き、布を開いた。

卓上に、朱い布地が広がる。

「これよ」

布の中から現れたのは、一振りの刀だった。

「刀、ですか……」

薄蛍は、卓上の刀をじっと見た。黒塗りの鞘と簡素なこしらえ。ただ見ただけではわからない、何か重たい空気を、刀から感じ取った。

「拝見」

す、と芳野葛が手を伸ばし、刀を取ろうとする。

「さわっちゃだめです！」

思わず薄蛍は叫んだ。

その剣幕に、芳野葛と折形が薄蛍を見る。

「あ……ご、ごめんなさい。でも、その刀……」

薄蛍は口ごもった。

「お嬢ちゃん、もしかして、こういうモノから、何か感じることができるの？」

折形が問う。薄蛍はこくりとうなずいた。

「強い念がこもっている器物は、さわらなくても感じ取れます。直接さわれば、もっとはっきりいろいろわかるのですが、……その刀にさわるのは」

「そうだね、やめたほうがいい。――どうやら、あの男の言っていたことは本当のようだからね」

言いよどんだ薄蛍に、折形は同意した。

「あの男……？」

薄蛍は首をかしげた。

「ふた月ほど前になるかな。……ひとりの男がやって来て、この刀を引き取って欲しいと言うんだ」

折形は語り出す。

折形の声や、語る内容が、薄蛍の脳裏にぼわりと像を結ぶ。

その像の中で、帽子を目深《まぶか》に被《かぶ》り、外套《がいとう》を纏った男が、折形にこの刀を差し出していた。

「見たところ決して悪い品じゃない。なのに金はいらないと言う。おかしな話だよ」

薄蛍は膝の上で軽く手を握った。

差し出された折形は、布地にくるむようにして刀を受け取ったようだ。品物を傷つけないようにという配慮だったのかもしれないが、それは正しかった、と薄蛍は思う。

「その男は、こう言った。『この刀は魔を宿してしまった。手にした者は皆、見境なしの人殺しと化す。我が身が可愛ければ、直《じ》かに触れぬほうがよい』……ってね。――けどさ、そんなこと言われて、本当にこの刀がその魔刀かどうか、確かめるわけにもいかないじゃない？」

ふう、と折形は溜息をつく。

薄蛍はうなずいた。折形はそれをみとめると、さらにつづける。

「そいつは言うだけ言うと、この刀を置いて店を出ていった。そんなモノを押しつけられても困るってすぐに追いかけたんだけど、どこに消えちまったのか、もう姿もなくってね」

折形の、そのときの戸惑いや驚きが、かすかに薄蛍に伝わる。

男が何者かはわからないが、ただの人間ではないかもしれないと薄蛍は思った。

「それで、人づてに聞いた妖人省とやらに、ご注進したんだよ。こういう怪異は、専門家に頼ったほうがいいと思ったんでね」

そこで折形は、ちょっと笑った。粋《いき》なしぐさで肩をすくめる。

「だけどまあ、そんなバカな話があるもんかって言われたら、返す言葉もないけど」

「いいえ。そのお話は……折形さんのお話も本当でしょうし、その方のお話も、嘘ではなさそうです」

薄蛍は首を振る。

言ううちに、薄蛍は胸苦しさを覚えた。我知らず、胸もとに手をやる。うまく呼吸ができない。

「こうしているだけでも、その刀の禍々しさが伝わって……」

薄蛍はそこまで言うと、身を屈《かが》めた。

息ができない。――苦しい。

「大丈夫か」

大きな手のひらが、そっと背に当てられる。芳野葛だった。

いたわりと気遣いがその手から伝わってきたが、薄蛍の呼吸はなかなか整わない。

どうやら薄蛍が思っているより、刀からの妖気は強いようだ。

「少し休んだほうがいいみたいだね。庭のほうで、外の空気に当たるといい。――麦、このお姉ちゃんに冷たい水を汲《く》んできておくれ」

折形が心配そうに言った。

「はあい」

麦が返事をして、ぱたぱたと去っていく。

薄蛍は目を閉じた。


縁側に移り、午後の冷たい空気に触れると、薄蛍の悪心《おしん》はほぼおさまった。

「おねえちゃーん！」

廊下を走る、軽い足音。

「麦……ちゃん」

顔を上げると、麦が両手に盆を捧《ささ》げ持っていた。水差しと湯飲みが載っている。

「麦でいいヨ！　はい、お水！」

「ありがとう……」

薄蛍は微笑んで、水の満たされた湯飲みを受け取った。一口飲むと、すうっと喉にしみ通る。冷たさが心地よい。

「おいしい!?　気分よくなった？」

「うん、本当にありがとう」

微笑みかけると、麦は、ちょん、と薄蛍の傍に膝をついた。

「ネエ、おねえちゃんは、モノにさわったら、持っていたヒトのことがわかるの？」

「そうよ」

「だったら、これさわって！」

そう言いながら、麦は懐から何かを取り出した。

「なあに？」

差し出されたのは、金色の花の意匠が入った、赤い櫛だった。磨いたようにつやつやとしている。

「アタシのママのなの！　アタシね、ちっちゃいころにはなればなれになっちゃったから、ママがどんなヒトだったか、よく憶えてないの！　だから、これにさわったら、わかるでしょ!?」

麦は、じっと薄蛍を見上げた。

「え……」

もちろん、人間の折形が妖人の麦の母だとは思っていない。

だが漠然と、麦の母はこの店の使用人かと考えていた薄蛍は、麦が孤児なのを察した。

「だから、ネ!?」

「……うん」

薄蛍は微笑んだ。

麦が差し出した櫛に、そっと触れる。

とたんに、薄蛍は、櫛を持っていた者が、みえた。

「麦の、ママは、――麦のことを大好きな、とてもやさしい人よ」

すっと指を引くと、薄蛍は麦に笑いかけた。

その言葉に、麦がぱあっと笑顔になった。

「だったらママ、いつか迎えにきてくれる!?」

薄蛍は、そっとうなずいた。

「麦が、いい子にしていたら、いつか……」

「わぁい! ありがとう! おねえちゃん!」

麦はぴょんと立ち上がると、くるくるとその場で回った。

麦は明るい笑顔で薄蛍に礼を言うと、盆を手にして、パタパタと廊下を駆け去った。

薄蛍は黙ってその背を見送る。

——本当のことなど、言えるはずもない。

あの櫛にふれて見た情景を、麦に話す勇気は、薄蛍にはなかった。

「……薄蛍？」

肩にふれられそうになり、薄蛍は反射的にバッと身を退《ひ》く。

「あ……っ」

怖い、と思った。

そして、芳野葛はそれを正確に感じ取ったのだろう。

「すまん」

「いえ！　違うんです！　わたし、……」

薄蛍は首を振る。

芳野葛の顔を見ていられず、薄蛍はうなだれた。

自分は半妖で、芳野葛は人間だ。

半妖は人にはない異能を持ち、異形だけでなくそのために忌まれる。

わかっていたことだったのに。

「利劔さま、……お話ししてなくて、ごめんなさい。——わたしの力は……」

薄蛍は言葉を探す。

どう説明すればいいだろう。

「モノだけでなくヒトに触れても、それに関わる何かを感じ取れるのか」

芳野葛の静かな声に、薄蛍は驚いて顔を上げた。

いつもと変わらず、静かなまなざしが薄蛍を見つめている。

彼からは、嫌忌や侮蔑が微塵も感じられなかった。

「は……い……ヒトの心は複雑で……襞《ひだ》が幾重にも折り重なっているから、モノにさわったときにわかるほど、明確ではありませんが……」

薄蛍は、言いながら自分の手をぎゅっと組んだ。

勇気はいつも、言葉と共に発されては消えていくようだ。

「でも、嫌でしょう？　こんな力を持つ相手に触れるのは」

「さっき、馬車の中で俺が手を握ったときも、……何かを、感じ取ったのか？」

芳野葛の静かな声が、問う。

薄蛍は目を伏せた。

だが、じっと見つめてくる芳野葛のまなざしが、まるでそっと包み込むようで……。

「……ごめんなさい」

謝ることで、遠回しに肯定する。

「そうか」

利劔はうなずくと、そっと薄蛍の手を取った。

「利劔、さま……？」

馬車のときよりも深く、だがやさしく握りしめられる。

薄蛍は、信じられないというように芳野葛を見た。

「俺はこの通り、言葉が足りないから、感じ取ってもらえたほうがありがたい」

静かに芳野葛は告げる。

その表情はいつもと変わっていない。

だが、握りしめられた手から伝わる芳野葛の気持ちが、薄蛍の胸のうちをざわめかせる。

人の感情がこれほどまでに深く、あたたかく、自分を包むとは。

「……そのほうが、お前への気持ちも、正しく伝わるだろう」

薄蛍の視界で、芳野葛の姿が滲《にじ》む。

いつしか薄蛍は涙を溢《あふ》れさせていた。


ひとしきり涙を流してしまうと、薄蛍も落ちついた。

「それで、あの刀はどうする」

廊下を、先ほどの部屋へと戻りながら、芳野葛が問う。

「折形さんが預けてくださるなら、妖人省へ持ち帰って、櫛松か雨竜寿さまに判断していただいたほうがよいかと」

先ほどの部屋の前まで来ると、戸があいている。

中へ入ろうとした薄蛍は、目を瞠った。

「麦……？」

麦が、簞笥《たんす》の前で背伸びをしていた。

「あ！ おねえちゃん！」

あけた簞笥の引き出しが、彼女には少し高かったらしい。そこに届かせようとして、折り曲げた座布団を台にし、つま先立ちをしていた。

両手に捧げ持った物を、引き出しにしまおうとしているのだ。

「あのね！ いい子にしてたらママが迎えにきてくれるって、おねえちゃんが言ってたから」

麦はにこにこして薄蛍を見る。

薄蛍は息をのんだ。

自分が咄嗟《とっさ》に口にした言葉を、幼い少女は信じ込んでいるのだ。

「薄蛍、あの刀だ」

「えっ」

罪悪感に苛《さいな》まれるより先に、芳野葛の言葉が薄蛍を我に返らせた。

「だから、いい子にして、……お手伝いしようと思って」

そう言いながら、麦はさらにつま先立ちをした。

その拍子に、ずるっ、と折り畳んだ座布団が滑って、麦は均衡を崩す。

「わ」

布に包んでいた刀が手からこぼれるように離れ、麦に向かって落ちようとした。

「麦！」

思わず薄蛍は、叫びながら床板を蹴った。

刀は麦にふれるより先に、薄蛍の手にしっかりと収まった。

「薄蛍!?」

芳野葛の叫びが遠のく。

反射的に握りしめた刀から滲み出る狂気が、薄蛍の意識をぐいと奥へ押しやった。

「どうしたんだい？」

隣室につづく戸があいて、折形が顔を出した。

それすらも、薄蛍には遠く聞こえる。

＊

「あ……」
折形は、言葉を失った。
妖人省から来た半妖の少女は、そのふわりとした雰囲気をいっさい奪われていた。
じっと刀を見つめるさまは、あまりにも異様で。
薄蛍は、ゆっくりと刀を鞘から抜いた。
刀身は、ひどくぎらついている。
芳野葛は腰の軍刀に手をかけた。
「部屋から出てくれ」
彼は見もせず、折形に告げる。折形は麦の手を引いて、隣室に退いた。
麦はまじまじと、刀を手にした薄蛍を見つめる。
薄蛍は鞘を捨てると、上段から振りかぶって芳野葛に斬りつけた。
鋼《はがね》の鳴る音がして、芳野葛はしっかりと軍刀でそれを受け止める。
麦は茫然《ぼうぜん》とそれを見つめた。
鈍く光る刀身が、麦の中に眠った遠い記憶を呼びさます。
……そうだ。ママがいないのは、……アタシがご主人のところに来たのは。
——斬りかかってくる、男。
（やめて！　この子だけは……）

それを庇おうとしている女の背。
後ろから見てもわかる、自分と同じ、角。
(麦、だけは!)
麦は目を瞠って、薄蛍と芳野葛の鍔迫《つばぜ》り合《あ》いを見つめた。
……そうだ。ママは、……。
真っ赤な血が、地面に染み込んでいくのを、麦は見た。
その中に倒れる、自分と同じ角を持った女も。
傍らに落ちていた、朱塗りの櫛。
(まま)
冷たくなっていく女の体を、幼かった麦は揺さぶったのだ。
ずっとずっと、前に……
——どうして忘れていたんだろう。
身を挺して自分を守ってくれた母がどうなったか、どうして忘れていられたんだろう。
麦は、自分の手を握る折形の手を、握り返した。
折形はハッとしたように麦を見る。
麦はすべてを思い出した。

母は朽ちて土の下に還《かえ》り、もと二度と会えないのだということを、麦は思い出したのだった。

＊

刀に操られた薄蛍の力は、軍人である芳野葛をも凌駕《りょうが》しかねなかった。
芳野葛は、ぐっと歯を食いしばり、力を込めた。
その剛力が臨界に達し、鍛えられた鋼が擦《こす》れ合いながら均衡を崩す。
弾みで、芳野葛の軍刀が薄蛍の髪を薙ぎ斬った。
目の前を流れる栗色の髪の一筋に、芳野葛は息をのむ。
もし、自分が本気になれば、薄蛍を傷つけてしまうだろう。
それは芳野葛の望みではなかった。
鍔迫り合いから自由になった薄蛍は、機械的な動作で刀を振った。
中段を凪ぐ鋒を、何かが止める。
ザク、という音が、薄蛍の意識を呼びさます。
それまで奥底に追いやられていた薄蛍の意識が、前面に出ようともがく。
――薄蛍の刃を止めたのは、布を巻きつけた芳野葛の手だった。

「……っ」

刃が手に食い込む。

芳野葛はさすがに眉を寄せた。

朱い布地に、赤い血がしみ出す。

同じ赤でも色味が違うから、すぐに流血に気づいたのだろう。薄蛍は、かすかに震え始めた。

さきほどまで無表情だったその可憐な顔には、恐怖の色が浮かび上がる。

だが、それは芳野葛への恐怖ではない。

また、自分を支配する魔刀へでもない。

——自分が芳野葛を傷つけてしまったことへの、恐怖だ。

「……イ」

刀の柄を握りしめる手が、ガタガタと震える。

芳野葛を傷つけたくない。

なのに、
なのに……！

「イ、ヤ……」

薄蛍の拒否が、ままならなかった手の、刀を握る力を弱める。

その隙を突いて、芳野葛は握りしめた刀を引っ張り、振り捨てた。
刀を失った薄蛍に当て身を喰らわせると、震える細い体がくたくたと頽れる。
それを抱き留め、芳野葛は薄蛍の顔を覗き込んだ。
自分にもたれる少女は、ぐったりとしている。
だが、息はあった。傷も、ない。
芳野葛は自分の血で彼女が汚れないように、そっと体を支えた。
それを見ていた折形が、深く息をつく。
麦は黙って、懐に手を入れる。
櫛が、指先に触れた。
……ママはここにいる。

薄蛍が意識を取り戻したとき、すでに刀は鞘に収められ、厳重に布を巻きつけられていた。
薄蛍を介抱していた芳野葛は、傷に布を当てただけだった。軍人なので止血は自分でしていたが、
薄蛍は目をさましてすぐそれに気づき、折形に頼んで薬を分けてもらった。
聞くと、折形が手当てをしようと申し出ても、固辞してずっと薄蛍についていたという。

「……っ」

薄蛍ははらはらと涙をこぼしながら、芳野葛の傷に包帯を巻いた。

「ど、どうして、あんな……」

刀を止めた芳野葛の手は、布を巻いていたためもあって深くは切れていない。だが、その傷をつけたのが自分だと思うと、薄蛍は怖くて、腹立たしくて、悲しかった。

「か、刀を、手で受け止めるなんて、ことを……」

そのさまを見ながら、芳野葛は口を開く。

「あのまま刀でどうにかしようとしていたら、お前を傷つけかねないと思った」

意外な言葉に、薄蛍はゆっくりとまばたく。

「え……」

芳野葛の傷のないほうの手が伸びて、薄蛍の頬にふれる。

長い指が、薄蛍の涙をそっと拭った。

「言っただろう、おまえを守ると」

まっすぐな言葉に、薄蛍はただ目を瞠る。

芳野葛の言葉は少ないが、偽りは何ひとつないのだ。

「おまえに何事もなくて、本当によかった」

拭われたはずの涙が、再びあふれ出す。

だが、今度の涙はさきほどとは意味が違っていた。

薄蛍は、心のままに利劔に身を寄せ、その広い胸にすがりつく。

「わたしの心も、利劔さまに伝わってしまえばいいのに……」

芳野葛の手が、背を撫でる。

その手からは相変わらず、自分への慈しみが伝わってきて。

——薄蛍は、自分が誰よりも幸せだと、思った。


陽が暮れかけるころ、ふたりは折屋を辞した。

「それでは、この刀、しかとお預かりいたします」

刀を両手で持った薄蛍が告げると、折形はうなずいた。

「よろしくね、お嬢さん」

折形の傍には麦がいる。

薄蛍はためらったが、意を決した。

「あのね、麦、……ごめんなさい、麦のママは、本当は……」

「大丈夫！」

言いかけた薄蛍を、麦が遮るように言った。

頭を下げかけていた薄蛍は、え、と顔を上げる。

「麦ね、ママがどこにいても、……ママにがっかりされないように、もっといい子になるヨ！」

薄蛍の胸は、突かれたように痛んだ。

あの櫛にふれたとき、薄蛍が見たのは、持ち主がとうの昔に死んで、──娘を庇って殺されたこと
と、その娘を残していく無念と悲哀、そして、娘への絶えることない慈しみだった。

少なくとも麦は母親に命を賭《と》して守られるほど、愛されていたのだ。

「だから、心配しないで、ね！」

「……うん」

麦はそれを、思い出したのだろう。

──母に庇われて生き残った麦は。

「麦は、本当にいい子ね……」

薄蛍が呟くと、麦は満面の笑顔になった。

だが、その目に涙がにじんでいたのを、薄蛍ははっきり見た。

二階の廊下を歩いていたざくろは、ふと庭に目をやり、足を止めた。

「あら」

ちょうど、素振りの稽古が終わったのだろう。汗にまみれた上半身をはだけた芳野葛に、薄蛍が手ぬぐいを持って駆け寄っていく。

ざくろはそれを見て、目を丸くした。

「薄蛍ったら、今日はてぬぐい持ってってるじゃないの。あんなに恥ずかしがってたくせに、どういう心境の変化かしらね？」

ざくろは感心しながら呟いた。

第四幕

その日、妖人省《ようじんしょう》は、物々しい空気に包まれていた。

半妖の少女たちが、いつものように客間の戸の前に集まり、隙間《すきま》から中を覗《のぞ》いている。

天井を歩いていた豆蔵《まめぞう》はそれを見つけて、ぶらりと上から垂れ下がった。

「……なんや、陸軍さんのお客人かいな」

「何話してるのかしら」

「お客さまと総角《あげまき》さんとのおしゃべり」

「聞こえませんわねェ」

ひそひそと双子が囁《ささや》き合う。

「ではよろしく頼んだよ」

「はっ」

客の軍人が、軍帽を被《かぶ》った。総角がそれへ敬礼する。

「やば！　来る！」

四人が戸の前から身を退《ひ》くと同時に、――つまり、逃げ出すより前に、引き戸があいて、中から長身の軍人が現れた。

軍人は少女たちに気づくと、ひととおり眺めた。

「……はは……」

無表情だったので、ざくろは思わず作り笑いを浮かべた。――この軍人も、どうせ妖人を蔑《さげす》んでいるのだろう。

だが、その想像に反して、彼はすうっと笑顔になった。

「やあ、君たちが半妖のお嬢さんたちですか」

思いがけず、にこやかな挨拶《あいさつ》を向けられる。

よく見ればその軍人は、総角とはまた違った、整った端麗な顔立ちをしていた。笑顔になると、その美しさが際立つ。

ざくろも双子も、そして芳野《よしの》葛《かずら》を慕っている薄《すすき》蛍《ほたる》も、思わずその笑顔に見とれた。

いや、ざくろは笑顔より彼の態度に驚いた。蔑みは慣れていたが、そのような愛想のよさは想像していなかった。

「これまでの活躍は聞いていますよ」

軍人は手を差し出すと、ざくろの手を取って握った。

「今後もがんばってください」

「は、はあ……」

明快な愛想のよさに、ざくろは呆気《あっけ》に取られて、去っていく軍人を見送る。

「人間の、しかも軍人とは思えない感じのよさね」

ざくろがしみじみ呟《つぶや》くと、ぱさ、と頭に何かが載せられた。

「こら」

振り仰ぐと、後ろに総角が立っていた。

「何よ、アンタ」

「また覗き見か、君たちは」

「得体の知れない人間が入り込んできたら嫌だから、ちゃんと確かめてるのよ。——あの人、誰？」

「花楯《はなだて》中尉どの。妖人省の上層部においでの方だよ」

「なんの用で来たのよ」

「これを持ってこられたんだ」

総角は、手にしていた封筒を示した。

「なあに？」

封筒には封蠟《ふうろう》が捺《お》されている。洋風に形式張ったそれに、ざくろは眉《まゆ》をひそめた。

「招待状さ」

「招待状？」

総角は、櫛松《くしまつ》のいる生活圏の広間まで出向いて、ことの次第を説明した。

「花楯中尉どののお話によりますと、世間には伏せられていますが、このところ、夜会などで頻繁に人間が妖人に襲われる事件が起きているそうです」

細長い卓の上座に櫛松が座し、その左側にざくろたち半妖の少女が、右側を総角たち軍人が占めている。

「夜会って……ようするに、宴《うたげ》でしょ？」

ざくろは、自分の前に置かれた封筒を手にして、ちらりと総角を見上げた。

「着飾ったご婦人が踊ったり」

「おいしいお食事が出たり？」

双子が顔を見合わせる。

「その夜会ですよ。――しかも、事件が起きるのは、決まって政府関係者が集まる晩餐会《ばんさんかい》や舞踏会なんだそうです。もちろん、この場合の関係者は、妖人ではなく人間のことです」

「人間の政府関係者ばかり狙《ねら》うということは、改暦反対派でしょうか？」

利発な花桐《はなきり》は、すぐに察したようだ。

「その可能性はなくはないが、断定はできないな」

総角はうなずく。

「妖人に襲われるって言うけど、どうして妖人だってわかったのよ？」

ざくろは招待状を卓に置いた。

「命からがら逃げてきた者の証言によると、……美女に誘われてふたりきりになったところで、その美女が巨大な蜘蛛《くも》に変化《へんげ》し、喰《く》われそうになったらしいよ」

「ずいぶんとだらしないわね、政府の関係者さんとやらは」

ふん、とざくろは鼻を鳴らした。

「幻覚ではないかとも言われたけれど、その者の怪我がまるで何かに嚙《か》まれたような傷跡だったので、妖人の仕業だろうと推測されたんだ」

「美女が巨大な蜘蛛に……」

「女郎蜘蛛かしら」

双子が口々に言った。

「で、今回の依頼は、その事件を解決してほしいとでも？」

櫛松の問いに、総角は首を振る。

「最終的にそうなる可能性はありますが、今はとにかく中尉どのは、今度開かれる陸軍上層部の夜会も狙われるのではないかと危惧《きぐ》しておられました」

「それで、わたしたちにまずは警備をしろという意味でこの招待状を持ってきたってことね。――夜会を中止にすればいいだけだと思うけど」

ふん、とざくろは眉を上げた。

「でも、それじゃあ根本的な解決にはならないだろう。ざくろ」

櫛松がたしなめる。

「妖人が犯人なら、毎回違う姿形に化けているでしょうから、手掛かりもありませんね。わたしたちがその夜会で相手と遭遇すれば、妖人と見破ることはできるかも……」

薄蛍が考えながら言う。

芳野葛がそれに、黙ってうなずいた。

「夜会にお招きいただけたというなら」

「わたくしたちも社交界デビュウですわね！」

「ステキ！」

雪洞《ぼんぼり》と鬼灯《ほおずき》だけが、夜会に招かれたことをキャッキャとよろこんでいる。

「ところで君たち、ドレス持ってる？」

「え？」

「警備っていっても、夜会客に紛れ込んでもらわないとならないから、できれば夜会服を着てほしいんだ。――そのための招待状なんだしね」

総角の言葉に、ざくろは目を瞠《みは》った。


「イヤよ！ イヤーッ」

ざくろの断末魔の悲鳴が、扉の外まで聞こえてくる。

夜会当日に届いた夜会服を、ざくろは最後まで嫌がった。

今は櫛松と三狸が、力業でざくろに夜会服を着せつけている。薄蛍と双子は万が一のとき のため、中で見守っているらしい。

「誰がバテレンの着物なんか！」

「コラざくろ！ 任務のためだよ、我慢おし！」

「バテレンにかぶれるー！」

すさまじい怒声に、やれやれと総角は溜息をつく。

「また、バテレンバテレン言ってるよ……」

「櫛松さんが用意したのかな、ドレス。粋《いき》な方だし、どんな仕上がりか、楽しみですね」

花桐が、横に立つ総角を見上げた。

「…………」

恐らく芳野葛も同意見だったようだが、彼は何も口にしなかった。

ざくろたちは夜会服を着込むこととなったが、三人は軍人としての礼装にすでに着替えていた。

気がつくと、ざくろの悲鳴がやんでいる。

「絶対にこんなの変だってば！」

突然、扉がガチャッとあいた。

次いで中から駆け出てきた人影は、総角の胸にとび込むようにしてぶつかった。

「！」

＊

「いッたァー！　この……」

顔をしたたかにぶつけたざくろは、赤くなった鼻を庇《かば》いながら相手を見上げた。

と、相手――総角は、茫然《ぼうぜん》とざくろを見おろしている。

「な、何よ！　やっぱりおかしいんでしょ！」

総角がまじまじと見つめるのが恥ずかしくてたまらず、ざくろは思わず黙った。

見つめ合うふたりの後ろで、ばたんと扉が閉じる。今から他の少女たちが夜会服に着替えるのだ。

「いや、ちっとも変じゃないと思うけど……」

その言葉に、顔が熱くなってゆく。

「じ、じゃあ、馬子にも衣装とか言うつもり？」

「そんな……」

困惑する総角の隣で、花桐も驚いたようにざくろを見ている。

長い髪は、鬢《びん》を垂らして前におろし、後ろは上げて結わえ、頭の周りにはリボンが巻かれている。

半妖の証《あかし》である耳の傍《そば》に、大きなリボンの結び目があったが、それでもざくろはふつうの、――いや、とても美しい少女に見えた。

本人が毛嫌いしたバテレンの服も、きつく腰を締めて腰から下を膨らませ、いかにも女らしい体つきを強調している。瞼《まぶた》に塗られた紛や、唇を染める紅《べに》、はたかれた白粉《おしろい》など、うっすらと施された化粧がもとから美しい顔立ちを引き立たせていた。

「君はもともと可愛《かわい》らしいよ」

総角は照れもせずさらっと言ってのける。傍《かたわ》らで花桐がたまげた顔をした。

「へ!?」

そのあまりにも、あたりまえのことを言うような口ぶりに、ざくろも照れることを忘れる。

「ただ、ふだんはお転婆《てんば》がすぎて忘れがちなだけ……痛い！」

ざくろの履いたかかとの高い靴でぎゅううと足の甲を踏みつけられ、総角は絶叫する。

「バテレンの履きものは、こういうことに効果的ね」

総角がひぃひぃと痛がるさまに溜飲《りゅういん》が下がったざくろは、足を引いた。

しばらく総角は痛がっていたが、すぐに気を取り直す。

「……とにかく、とてもよく似合ってるよ」

いつもの王子様然とした態度に、ざくろは目を奪われた。

相変わらずこの男は、自分の魅力を最大限に活用する。しかも無意識に。相当たちが悪い、とざくろは思う。

「……ありがとう、総角景さん」

「え?」

ざくろが丁寧に総角の名を口にすると、総角は戸惑った。戸惑ったというより、何か企みがあるのかと焦ったようだ。

「な、なんで急にかしこまったの」

「櫛松に言われたの。夜会で『アンタ』とかって言葉遣いはだめだって。……でもだからって、なんて呼んだらいいかわかんないの！」

ざくろは言い終えるとうつむいた。

そこで総角は、はたと気づいた。

「そういえば君、一度も僕を名前で呼んだことないね。いつも『アンタ！』とか『ちょっと！』とかで」

総角は今さらのように言った。今まで気づいてなかったのだとしたら、相当におめでたいお坊ちゃんだ。

「『景《けい》』でいいよ」

何故《なぜ》そんなお坊ちゃんがいいのかと、自問しようとしたざくろの耳に、そんな言葉がとび込んでくる。

「えっ」

けい。

名前だ。

昔の人間の氏姓はややこしかったが、今は姓と名のふたつで、公的な場で姓で呼び合う慣習が強いように、ざくろは感じていた。

だか、総角があまりにもさらりと『名』を呼ぶことを許可したのに戸惑ってしまう。

「…………………………む、無理！」

たっぷり考えたあとで、ざくろは総角から目を逸《そ》らして叫んだ。

「ええ!? それは困ったなあ」

なんで、と理由を訊《き》きもしないのが、総角の育ちの良さだろう。追及されず、ざくろは安心した。

「だ、だいたいアンタだってわたしのこと『君』って呼んでるんだから、だからわたしがアンタって呼んでもおあいこよね⁉」

キッ、とざくろは総角を睨《にら》みつけた。

「じゃあ……」

ふ、と総角が微笑《ほほえ》む。たいそうやさしげな、それでいて、どう見ても意地悪を楽しむような顔つきだ。

「ざ、く、ろ、くん」

「！　うう～！」

ざくろは、まるで林檎《りんご》のように真っ赤になって、うなり声をあげた。総角はそれをにこにことやさしい目をして見つめている。

廊下の片隅で、自分のパートナーたちの着替えを待っていた花桐は、呆《あき》れて芳野葛を見た。

「あのふたりのやりとり、見てるこっちが恥ずかしくなりますね」

花桐の囁きに、芳野葛は黙ってうなずいた。

夜会客として紛れる、というのが今回の計画だったが、紛れるというほど地味にはいかなかった。建物に入ってからは、総角にはざくろ、芳野葛には薄蛍、そして花桐には両側から雪洞と鬼灯が寄り添っている。

ざくろたちが夜会服を纏《まと》ったように、総角たちも軍人としての礼装で、いつもと勝手が違っていた。最初は総角と腕を組むのが恥ずかしくて嫌がったざくろだが、任務だと思うと羞恥《しゅうち》も薄れる。それより、ざわつく他の客の態度を見れば、照れている余裕などなくなった。

建物に入ってすぐは、天井の高いホールになっている。そこから会場まで、赤い絨毯《じゅうたん》の上を歩くざくろたちを、他の客が好奇や嫌悪を剝《む》き出しの目で眺めまわす。

「この夜会の客って、軍人や、政府のお偉いさんが多いのよね？」

「ほとんどそうらしいけど……」

「軍人や政府のお偉いさんっていっても、遠慮なく見てくるわね。――いくら妖人がめずらしいからって、品位のほどが知れますこと」

ざくろは腹立たしくなって、総角の腕にかけた指に、ぎゅっと力を込めた。

「はは……耳が痛いよ」

総角は、すまなそうだった。

「利劔《りけん》さま……」

後ろを歩く薄蛍の、心細げな声が聞こえる。こんなに不躾《ぶしつけ》な視線に晒《さら》されて、ずいぶんと怖い思いをしているだろう。

「おまえたちもれっきとした政府の者だ。堂々としていればいい」

次いで、ぶっきらぼうだが誠実な芳野葛の言葉が聞こえたので、ざくろは振り返るのをやめた。

「あ！　あのお料理美味《おい》しそう！」

「正装もステキですわ、丸竜《がんりゅう》さま♡」

双子は相変わらずだ。

「もう、おふたりとも……」

花桐は照れたような、呆れたような声で呟きながらも、まんざらではないようだった。


一旦夜会場に入ったものの、乾杯もそこそこに廊下へ出る。

今回の全体の指揮を執るのは総角だ。こと細かな指示を与えられる。

「——では、各組ごとで警備にあたろう」

「了解」

総角のしめくくりに、芳野葛が答える。

「特に、ご婦人方の行動に注意するように」

三組は揃《そろ》って夜会場へ戻る。それぞれが散らばる前に、ざくろが双子を振り返った。

「雪洞、鬼灯」

名を呼ぶと、双子も立ち止まる。

「わかってますわ」

「お任せあれ～」

雪洞と鬼灯は、愛想よく答えた。

「何？」

花桐と双子が去ってから、総角は尋ねる。

「ああ、あのふたりには……」

「やあ！ 来てくれたね」

説明しかけたざくろの声を遮るように、男が声をかけてきた。

妖人省に来た軍人だ。

「花楯中尉どの」

総角が敬礼する。ざくろも、夜会に来る前に教えられたとおり、膝《ひざ》を折って裾《すそ》を摘《つま》み、頭を下げて挨拶した。

「そんなにかしこまらないで、総角少尉。――ところで、警備の状況は？」

花楯は気さくな男なのか、にこやかに言った。

「はい、それですが……」

先ほど聞いた話を、総角は繰り返している。

ざくろはそれを聞くのに飽きて、あたりを見まわした。少し遠いが、壁ぎわの長椅子が空いている。

すっと離れても特に総角は咎《とが》めなかったので、ざくろは長椅子で休んでいることにした。

「ああやってると軍人ぽく見えるのねー……」

夜会客の喧噪《けんそう》が、総角との距離を遠く感じさせる。

そうだ。総角は軍人なのだ。

妖人省でこそ、妖人が苦手だとヘタレな面も見せるが、それを軍人としての総角景しか知らない者が見たら、驚くだろう。

それが、なんだかひどくもどかしいような……。

「やあやあ、これはこれは！」

下品な声が、ざくろの物思いを打ち破った。

影が落ちて、見上げると軍服姿の男がふたり、無遠慮にざくろに近づいていた。

「なるほど、おまえが妖人とかいうやつか」

「ハハ、こりゃア凄《すご》い、本当に耳つきだ。何とキテレツな！」

下卑《げび》た冷やかしに、ざくろの怒りはたちまち振り切れる。

「ちょっと！　失礼じゃないの!?」

ガタン！ と音を立てて立ち上がると、男たちは嘲《あざけ》るようにわらった。

「ああ怖い怖い。流石《さすが》モノノケの娘だなあ」

「近づくと引《ひ》っ掻《か》かれるぞ！」

哄笑《こうしょう》が響く。

「…………」

あまりにもあからさまな挑発だったが、ざくろは言い返さず押し黙った。

こんなふうに絡まれたことが今までなかったとは言わない。

こういう場合は、櫛松に『人間を無闇に傷つけてはいけない』と言い聞かされていたから、ざくろはすぐに逃げるようにしていた。

だがここは街ではない。逃げ出すわけにはいかない。

「どォれ、その耳が本物か、確かめてやろう」

「！」

ひょい、と軍人のひとりが手を伸ばしてくる。思わずざくろは手を握った。

「この」

「おっと」

グッと握りしめた拳《こぶし》を振り上げようとすると、軍人はおどけたように一歩下がった。

もうひとりが、にやにやといやらしい笑みを浮かべる。

「いいのかね？　ここで騒ぐと、妖人の評判がまた一つ落ちるのではないかね？」

「！」

脅迫に、ざくろは息をのんだ。

確かに、……そのとおりだ。

「なあに、たかが耳ではないか。そんな顔をするな」

再び、軍人の手が伸びてくる。

ざくろは思わず目をつむった。

「い……」

「失礼」

叫びが口をついて漏れそうになった瞬間、固い靴音がした。

「私の連れの者が、何かいたしましたか？」

聞き慣れたはずの声が、いつもよりひどく冷たく響く。

ハッとしてざくろは目をあけた。

ざくろの前にいたふたりの軍人は、現れた総角を見て驚いたようだ。

「まさか上級士官の御仁がお揃いで、今どき流行《はや》らぬ妖人いびりでもなさっていた……のですか？」

やさしげな顔が浮かべる微笑みが、いつもと違って冷ややかに見える。

「い、いやこれは……」

「ま、まさか」

さすがにそれは、このろくでもない軍人どもにもわかったようだ。

「あッ、そこのご婦人、我らと一緒にお話でも……」

総角の迫力に気圧《けお》されて、軍人たちは転がるように去っていく。

それを見送ってから、総角は息をついた。

「まさか、少し目を離した隙に、こんなことになるなんて……」

ざくろはつかつかと総角に歩み寄った。

無言のままのざくろに、総角は戸惑う。

「ざく……」

ドン、と、ざくろの拳が総角の胸を叩《たた》く。

つづいて、何度も、何度も、繰り返し。

「いっ、いてっ、——ざくろくん、痛い」

だが、ざくろは力を緩めず、総角の胸を叩きつづける。

うつむいたまま。

「いたっ」

ドン！

最後の一発を止めたあと、ざくろは総角の胸に顔をうずめた。

総角はハッと息をのむ。

少女は、震えていた。

「ごめん……」

総角は思わず囁いた。

ざくろの固く閉じられた瞼から、涙が伝い落ちる。

「ごめん、……ざくろくん」

総角はそっと、少女の背に両手を回し、そっと、壊れものを扱うかのように抱き寄せた。


雪洞が、手にした花から花びらをむしると、手のひらにのせ、ふう、と息を吹きかける。

花びらは、まるで意志を持つかのように、ふわり、と舞い上がった。

やがて、バルコニーの下の会場へと落ち、夜会客の髪や服や着物に吸いつく。

「なんです？　それ」

「ざくろの指示で、この花びら一枚ずつを、ここにいるご婦人にくっつけてるんですの」

「花びらのついた方の気配を読み取れるようになりますから、おかしいことがあればすぐわかりますわ」

「おふたりとも、そんなことができたんですか……」

雪洞と鬼灯が代わる代わる説明するのを聞いて、花桐は目を丸くした。

「わたくしたちふたりの特技ですのよ」

「花びら式神とでも言いましょうか」

ふふ、と双子は顔を寄せ合い、妖艶《ようえん》な笑顔を浮かべる。

「とってもロマンチックで」

「すてきでしょ？」

花びらが、降り注ぐ。

まるで春先の雪のように、ひらり、ひらりと。

身を寄せ合う、ざくろと総角の上にも……。

すべての婦人に花びらをつけ終えると、バルコニーを下り、廊下へ出た。

窓辺に置かれた椅子に花桐を腰掛けさせると、双子は彼の両側の椅子にそれぞれ座った。

花桐の右隣に座った鬼灯が、軽い音を立てて手を叩く。

——ア、ソーレ
彼女は朗々と、あの唄を唄い出した。

広い廊下に、高々と響き渡る、唄。

——わたしゃア花か
——蝶々か鬼かァ
——あはれ身も世も……

鬼灯の声は美しく、唄も巧《うま》い。

だが、廊下を通る夜会客や使用人が、じろじろとこちらを見てゆくのは、少々恥ずかしい。

「あ、あのッ、それ、唄っていないとだめなんですか⁉」

その視線に、花桐は思わず声をあげた。

「そうなんですの」

尋ねたのは唄っている鬼灯にだが、答えたのは雪洞だった。

「唄っているあいだしか、花びら式神は働きませんのよ」

「え、え〜」

――べにの代わりにさすのは刃《やいば》じゃ……

鬼灯は機嫌よく唄いながら、パンパンと手を打ち鳴らす。

「だいじょうぶですわ、丸竜さま。お酒に酔っていると思って、誰も訝《いぶか》しがりませんわ」

雪洞がにこやかに保証した。

「う〜ん……そうかなあ……」

花桐は考え込んでしまった。

右側で鬼灯がケラケラと楽しそうに笑う。

確かにその調子は、まるで酔っぱらっているようだ。

――わたしゃ咲く花
――咲いてうれしや〜

「ん!?」

花桐は、ハッとして顔を上げた。

唄う鬼灯から、何かふんわりとした薫りが漂ってきたのだ。

よく見ると、鬼灯の頬《ほお》が上気している。

振り返って見ると、雪洞も同じだった。

「おふたりとも、本当に酔ってません!?」

「アラ、バレちゃった。バテレンのお酒も、けっこうイケますのね」

雪洞が白状した。

「ねー」

鬼灯が姉に賛同する。

「任務中ですよ!」

花桐が怒っても、まだ少年だから、ちっとも怖くはない。双子は余計によろこんで、手を叩いた。

「まったく……」

「アラ?」

鬼灯が再び唄い出すと、雪洞が笑うのやめて、通路の先を見た。

「どうかしましたか?」

「あすこの殿方って、丸竜さまの上官の方ではなくって? 確か、花のつくお名前の……」

「花楯中尉どの」

雪洞の視線を追う。

すると、言われた通り、階段に向かう花楯中尉の姿が見えた。

「隣のご婦人は見憶《みおぼ》えのない方だな。どちらに行かれるんだろう」

「そんな野暮は言いっこなしですわよ」

ウフフ、と雪洞が笑う。

「え?」

花桐にその含み笑いの意味はわからない。

しばらく首をかしげていたが、やがて再開された鬼灯の唄と、雪洞が手にしている花に、ふと不思議な気持ちになった。

「……本当に、花びらが式神になったりするんですか?」

花桐の問いに、え、と雪洞が顔を上げる。ゆっくりとまばたくと、彼女はじっと花桐を見つめた。

「第一、式神なんて、そんな非現実的なものは……」

雪洞のまっすぐなまなざしに、花桐の言葉は途中で途切れる。

「……まだ信じてらっしゃらないのね」

ふ、と雪洞は口もとをほころばせた。

いつもの笑顔やしぐさからは思いも寄らぬほど、彼女は年上に見えた。

「これまでにも申し上げたと思います、僕は妖術やまじないの類《たぐい》は信じていないと」

「わたくしたちのように」

雪洞は、目を細め、ゆっくりと微笑んだ。

夢見るようなその顔つきに、花桐は見とれる。

「人間にとって非現実的な存在を、今もこうして、目の当《ま》たりにしてらっしゃるのに……」

花桐は、努力して雪洞から目を逸らした。

「そ、それとこれとは別問題ですよ！　──そもそも妖術なんていうのは、目の錯覚やある種の幻覚で、そうであるかのように感じるだけで」

「ずるい……」

不意に、圧《お》し殺したような声がした。

え、と見ると、鬼灯が立ち上がっている。

「ずるいですわ雪洞！　わたくしも丸竜さまとおしゃべりしたい！」

「ごめんなさい鬼灯、交替しましょ」

ふくれっつらの妹に、雪洞はうなずくと手を差し出した。

パン、と手を触れ合わせると、今度は左側の雪洞が唄い始めた。

──わたしゃア花か……

「丸竜さま♡」

右側の鬼灯が、目をきらきらさせて花桐を見つめた。

今まで唄っていた疲れも見せず、鬼灯が花桐に話しかけようとしたとたん、バッと雪洞が立ち上がる。

「鬼灯！」

「えぇッ、もう!? 今日はツイてませんわァ」

鬼灯は悲しげに眉を寄せた。

そう言いながら、手にした花の花びらを二枚、プチプチッと千切る。

手のひらに載せると、ふっと吹いた。

「ざくろと薄蛍のもとへおゆき！」

手のひらを離れた花びらは、ヒュッと音を立てて飛んでゆく。

「ざくろ」

「薄蛍」

「敵の尻尾《しっぽ》を掴《つか》みましたわよ！」


「たぶん……」

「ここだと思うのですけど」

双子に導かれて、花桐はいつしか、建物の端にある部屋の前まで来ていた。

息を詰めた花桐の横から、すっと雪洞が扉に近づく。彼女は無造作に把手《とって》を掴むと、ガチャッと回した。

「鍵が掛かってますわね」

「お、おふたりとも！　他の方々が来るのを待ちませんか!?　そんな、いきなりな……」

「そうだ！　──この中に何者かがいるのだとしたら、その方についた式神も中にいるということでしょう。その子に中から開けてもらいましょうか」

鬼灯が提案した。

その考えは、花桐にもよい方法のように思えた。

「そうですよ！　そういう穏便な方法で……」

「無理ですわ」

雪洞は、そっと手をひらく。

華奢《きゃしゃ》な手を覆っていた手袋をゆっくりと剝《は》ぐと、傷ついた手のひらが現れた。

「あの子、気づかれてしまったらしくて、消されてしまいましたもの」

花桐は息をのむ。

「──その、火傷《やけど》……」

「マァごめんなさい雪洞。わたくしが交替してなんて言ったから」

「いいのよ、鬼灯。丸竜さまをひとり占めした代わりですわ」

妹の詫《わ》びに、雪洞は笑顔で首を振った。

「どういうことなんです、それ……」

花桐は、胸のうちに苦いものを感じながら尋ねた。

「式神を消されると、歌っていた者が傷を受けますの」

「わたくしたちは、自らの霊魂を憑依《ひょうい》させて式神にいたしますから」

双子は寄り添い合って、口々に告げた。

「そ、そんな」

花桐は目を瞠った。

「他の式神を中に忍び込ませましょうか」

「ですわね」

淡々と双子は相談している。

「だめです！」

思わず花桐は叫んだ。

その声に、雪洞と鬼灯は目を瞠った。

「「丸竜サマ……」」

「だめです……そんなのだめだ！」

花桐を突き動かすのは、少年じみた潔癖さだけではなかった。

この双子を傷つけたくないという思いが、花桐の中には明確に生じていた。

「相手がまた気づいて消す可能性が高いのに、おふたりが傷つくとわかっていて許可することなどできません！」

双子は驚いたように目を丸くした。

やがて雪洞が口を開く。

「式神なんて、信じてらっしゃらないんでしょ？」

「う！」

そうだ。確かに自分はそう言った。しかも、ついさっき。

花桐は、ふたりを止めるための言葉を探す。だが、何もいい考えが浮かばない。

「え、ええと、えーと」

「と、とにかく、もう少し考え……」

言いかけた花桐の両側から、ふわりと双子が抱きつく。

「ありがとう、丸竜さま」

甘い、花の香り。

これは花の式神か、それともふたりの匂《にお》いなのか。

「じゃあ……」

すう、とその甘い薫りが消えると同時に、双子はくるりと扉に向き直った。

「ごめんくださァい！」

「ちょっと開けていただけますゥ？」

雪洞も鬼灯も、扉にしがみつくようにして叫ぶ。

「わァッ！」

花桐は慌てた。

だが、止めるより先に、今度はふれた把手が容易にカチャッと音を立てて回った。

「あ」

「アラ、あっさり」

双子はゆっくりと扉を押しあけると、部屋の中へ踏み入った。

「ごめんくださいませ……」

「真っ暗ね」

室内は墨を流したように暗い。どうやら、暗がりでも見えるはずの半妖の目にも、ひどく暗く見えているようだ。

「どなたか、返事をしてくださいな」

「誰もいないのかしら？」

花桐は戸口で立ち尽くしたが、双子はためらわず、ずかずかと中へ進む。

「おふたりとも！　無茶苦茶ですよ！　もし、何かあったら……」

一歩踏み込んだ花桐の顔に、ふわり、と何かがかかる。

花桐は反射的にそれを手で払ったが、べたついてうまくいかない。

べたつく、細い、……糸のようなもの。

「丸竜さま？」

「それは」

顔からそれを取り除くことに成功した花桐は、反射的に天井を見上げ……。

「あ……」

暗闇の中、白く光る、繊細な模様。

その模様は、……明らかに、蜘蛛の巣そのもの。

「これは……!?」

バタン！　と音を立てて扉が閉じた。

「！」

暗闇になったが、頭上に張り巡らされた蜘蛛の巣が銀色に光り、室内がぼわりと浮かび上がる。

「う……」

その蜘蛛の巣に、獲物が引っかかっていた。花桐は思わず口もとを押さえる。

干涸《ひか》らびたようになっている屍体《したい》が纏っているのは軍服だった。

「丸竜さま、あれ！」

鬼灯が天井の一画を指し示す。

「は、花楯中尉どの！」

唯一、まだ肌も瑞々《みずみず》しく生き生きとしていたのは、先ほど女性と共にどこかへ向かったはずの、花楯中尉だった。

雪洞が花桐を振り返る。

「ということは、さっきの一緒にいた女性が……」

「花楯中尉！　中尉どの！」

花桐はとにかく叫ぶ。手を伸ばそうとも届かない。どうすれば彼をあの巣から助け出せるのか。

「どうなさったの？　そんなに大騒ぎをして……」

ふいに、なめらかな女の声がした。

花桐はハッとして振り返る。

そこには、妖艶な美貌《びぼう》の女性が立っていた。

きちんと結って鼈甲《べっこう》の髪留めで上げた髪、くっきりとした目鼻立ち。眠そうな目もとは、笑っているせいだった。ほっそりとした首には黒真珠の首飾りがかかっている。

「ここは、わたくしの部屋でしてよ」

平然と、彼女は言った。

真っ暗な部屋、大きな蜘蛛の巣がかかった天井の下で、……屍体にも、顔色ひとつ変えずに。

「あ、貴女《あなた》の仕業ですね!?　現政府の方針に異論があるのなら、正当なる方法をもってして……」

「煩《うるさ》い!!」

婦人は無表情に、しかし言葉荒く花桐を制した。

花桐はびくりとして口をつぐむ。

「見当違いのご高説ほど鼻につくものはないのよ、ぼうや」

彼女はそう囁きながら、髪留めをパチンと外した。

とたんに、結わえ上げられていた髪がさらりと流れ落ちる。

「わたくしを、そこいらの破落戸《ごろつき》どもと一緒にしないで頂戴《ちょうだい》な」

婦人は射るように花桐を見る。

身が竦《すく》むほどに冷たく感じられるまなざしを見返し、花桐は勇気を奮い起こした。

「それなら、貴女はなんのために、こんなむごいことを」

天井の巣にかかった屍体はひとつふたつではない。

しかも、花楯を含めてすべてが軍人だ。

ふ、と彼女は口もとをほころばせた。

「あァあ、それにしてもツイてないわ」

彼女がそう言うと同時に、メキョッと音がして、腕が伸びた。

花桐は言葉を失って、その変化《へんげ》を見つめる。

「ガキと小娘じゃァ、喰うに喰えない」

そう言う声が、奇妙に歪《ゆが》み、濁ってゆく。

たちまち婦人の姿は異形へと変化した。白いほっそりとした肌がごわごわした獣毛で覆われ、腕と足が伸び、やがて体も伸びてゆく。

「脂がギトギトで、わたくしが肥えちゃうもの」

膨らんだ胴体と、長い脚は増えて八本。その姿は人間でさえなくなった。

バキバキと音を立て、異形のものがむくりと身を起こす。

巣の形状から予想していたとおり、それは巨大な女郎蜘蛛であった。

「嬲《なぶ》りものにするくらいが関の山かしらねぇ」

ぬるっとした空気の中、濁った女の声が響くと、突然、双子がそれぞれのドレスの裾をバッと捲《まく》り上げた。

「えっ」

花桐があたふたする目の前で、ふたりは足のベルトに差していた花の枝を取り出し、手にする。

「丸竜さまはさがっていてくださいまし」

雪洞が言った。

「ぼ、僕だって軍人の端くれですよ！　ご婦人の背に隠れてなど——」

その瞬間、ドガッ、と音がして、花桐の足もとで火花が散る。女郎蜘蛛の前肢が床をえぐっていた。

「わッ」

それをなんとか避《よ》けたはずみで、花桐は尻餅《しりもち》をつく。衝撃で軍帽が外れて床に転がった。

「丸竜さま！」

手をついた先で、グチャッとした音と感触がした。ハッとして見ると、銀糸の光りに照らされて見えた手袋には、ぬとついた血や腐肉がついていた。

手をついた先には、誰のものともわからぬ屍体が転がっていたのだ。半ば喰われて、はみ出した内臓が転がっている。

銀糸の光が何かで遮られて、暗くなった。

顔を上げると、巨大な女郎蜘蛛が花桐を見つめている。

人間の髑髏《どくろ》に似た眼窩《がんか》は、笑みで引きゆがんでいるようだ。

クスクスともれる女の声に、花桐は硬直する。

「……っ」

妖術やまじないの類など信じてはいないはずだった。しかし花桐とてこのような怪異を目の前にしてそんなことを言えるはずもない。

恐怖のあまり歯の根が合わず、ガチガチと鳴る。

その花桐の目の前を、ひら、と花びらが舞った。

次いで、ザアッと音を立てて風が渦巻き、無数の花びらが守るように花桐を取り巻いた。

花桐は目を瞠る。

渦巻く花びらの中から、手が差しのべられた。

ゆっくりと姿を現したのは、鬼灯。

鬼灯は両手で、そっと花桐を抱きしめた。

ふわり、とそのやわらかな胸に抱き留められ、あまいぬくもりに包まれる。

「だいじょうぶ、――だいじょうぶですわよ、丸竜さま」

鬼灯は唄うように言った。

慈愛に満ちた、声。

いとおしむように頭を撫《な》でる、やさしい手。

「わたくしたちが、絶対に、守ってあげる」

うっとりと花桐は、目を閉じた。

その耳に、あの唄が聞こえてくる。

――わたしゃア花か
――蝶々か鬼か
花桐は、顔を上げた。

鬼灯越しに見えたのは、花の枝をかまえた雪洞。

――あはれ身も世も
――あらりょうものか
雪洞は、手にした花の枝を振りかぶった。同時に、枝についた花がざあっと咲き初《そ》め、花の塊になる。

立ち向かってくる女郎蜘蛛の顔面に、雪洞はその枝を叩きつけた。

力を込めて押すが、逆に押し返される。しかし雪洞は震えながらも踏みとどまった。

雪洞を押し返した女郎蜘蛛は、複数の腕で雪洞を打ちすえる。

「アラアラ、どうしたの。片割れがいないと、力も半減するのかしら⁉」

女郎蜘蛛はあざけった。

ガン、という音がして、雪洞の体が衝撃に揺れた。

——べにの代わりに
はら、はら、と、花びらが舞う。

「よく見抜いてらっしゃること」

——さすのは刃じゃ
打ちつけられる攻撃を、すべて雪洞は花の枝で受け止める。

「でも、——絶対に、勝つんだから」

——たんとほめて
雪洞は花の枝で、女郎蜘蛛の前肢を薙《な》いだ。

「わたくしたちが丸竜さまをお守りするんだから！」

——くだしゃんせ
雪洞の動きに従って花びらが渦巻き、女郎蜘蛛の顔に叩きつけられる。

ふわ、と花びらが女郎蜘蛛の顔面にまといつき、ジュウッと音を立てて表皮が溶けた。

「ギャ……！」

苦しんだ女郎蜘蛛が、闇雲に腕を振り回す。

長い腕が、雪洞の体を吹き飛ばした。

「！」

それを感じ取った鬼灯は、びくッと体を震わせながら、なお強く花桐を抱きしめる。

「雪洞さん、——雪洞さん！」

花桐が叫んだ。鬼灯に抱きしめられながらも、雪洞へと手を伸ばす。

「離してください鬼灯さん！　雪洞さんが……」

「だめ。丸竜さまを行かせたら、雪洞に怒られてしまうもの」

鬼灯はきっぱりと言った。

それを視界の端にみとめた雪洞が、床の上から起き上がろうとしながら、ちょっとだけ笑った。

「コノ……」

女郎蜘蛛の溶かされた顔面からシュウシュウと音がする。苦しげに、巨大な体がのたうった。

「小娘ェエ……ッ」

ゆらり、と女郎蜘蛛が立ち上がる。

ずん、と女郎蜘蛛は、雪洞に向かって進んだ。

「死、ね、え」

だが、そのとき。

部屋の扉が開くと同時に、一陣の風が舞い込んだ。

＊

跳び込んできたざくろが、女郎蜘蛛の首根に刃を突き立てる。

「「ざくろ！」」

双子が叫んだ。

「……よくも、雪洞を」

ざくろは、突き入れた刃を、力を込めて下げてゆく。甲殻と刃が擦《こす》れ合い、ギチ、ギチ、と音がした。

「な……よせ」

女郎蜘蛛が雄叫《おたけ》びをあげる。

だが、獣の目をしたざくろは容赦しなかった。

「よくも、よくも、よくも、――よくも！」

深く通した刃が、女郎蜘蛛の首から胸部を斜めに斬り裂いていく。

絶叫が、響き渡った。

灯《あか》りをつけた部屋の中、ぐったりと横たわる雪洞の体をざくろが揺さぶる。

「雪洞！」

後ろで姉を支える鬼灯は、黙って冷たい手をさすった。

「雪洞、雪洞……」

薄蛍も心配そうに覗き込んでいる。

「………」

やがて、ゆっくりと雪洞は目をあけた。

覗き込むざくろと薄蛍に、微笑みかける。

「――少し、待ちくたびれましたわよ、ざくろ」

その言葉に、ざくろはほっと息をついた。

「ごめんね、扉がなかなか開かなかったの。あいつらが役立たずで」

深刻な空気を振り払うように、ざくろは後ろに立つ総角と芳野葛を指し示した。

「すみません」

総角は深々と頭を下げる。それを見て、雪洞はふふ、と笑った。

ふと、雪洞が目を上げる。

「丸竜さま。……よかった、丸竜さまにお怪我がなくて」

花桐を見つけた雪洞は、鬼灯に支え起こしてもらいながら、心底ほっとしたように言った。

だが、花桐の顔は暗い。

何か言いたげな顔をしていたが、彼は突然、踵《きびす》を返して駆け出した。

「丸竜さま!?」

双子が呼ぶが、すぐに花桐の姿は消えてしまう。

扉を開け放った衝撃で、何かが落ちる音がした。

「ヒッ」

総角が身を竦ませる。

「いてて……」

だが、聞こえてきた声に驚いて振り向いた。

「花楯中尉どの!?」

総角は上官に駆け寄った。

花楯は、女郎蜘蛛の銀糸を巻きつけられていたが、怪我はないようだった。

「ご無事でしたか！」

「なんとかね。――あの、蜘蛛は？」

花楯は、悪夢を払うように首を振った。

「ああ、それでしたら……」

妖人の死骸《しがい》などという不気味なものを見なければならないことを覚悟しつつ、総角は部屋の奥へ向き直った。

「！」

だが、予想と違うものに、目を瞠る。

思わず半妖の少女を呼んだ。

「ざくろくん！」

「何よ」

ざくろは険しい顔をして立ち上がった。

「蜘蛛が……」

傷ついた女郎蜘蛛の姿が、しばらくすると、血まみれの婦人に変化した。

ほっそりとした首筋から豊満な胸にかけて、無残にえぐられた傷跡がある。ざくろの攻撃によってついた傷だ。血はそこから溢《あふ》れていた。

その喉《のど》から、ヒュウヒュウと息の通る音がする。

「……ヒトの姿を真似て、同情を誘うつもり？　往生際の悪い」

ざくろは女郎蜘蛛を見おろした。

女郎蜘蛛は、ざくろをじっと見上げた。

「『ざくろ』……そうか、おまえが、『ざくろ』、か……」

確かめるように、ざくろの名を口にする。

その顔が、やがてゆっくりと変わってゆく。

血を吐きながら、女郎蜘蛛は哄笑した。

「アハ、アははは……！」

「何がおかしい！」

ざくろは思わず叫んだ。

「――突羽根《つくはね》の子、ざくろ」

ざくろは息を止めた。

頭の中が真っ白になる。

「どうして母さまの名を知っている」

つくはね。

それは、母の名だ……。

「ざくろ、このままいけば、おまえは、きっと、……母親の、――そして、おまえ自身の秘密を、知ることに、なるでしょうよ」

女郎蜘蛛は、風のような音で喉を鳴らしながら告げる。

その顔には、勝ち誇った笑みが浮かんでいた。

「な、に……」

ざくろは屈《かが》むと、女郎蜘蛛の胸もとを摑んだ。引きずり上げて、ガクガクと揺さぶる。

「何を言ってるの！　——何を、知ってるの……!?」

「アハハ！」

女郎蜘蛛は、ざくろの焦燥を嘲笑《あざわら》った。笑う口から、ごぼりと体液が溢れる。

「ハハ……」

「ねえ！」

その瞬間、どこからともなく、何かが女郎蜘蛛の顔の上にひらりと落ちた。

一瞬のことで、ざくろにはそれが本当に落ちてきたのか、わからなかった。だがそれは、何か文字が書かれた札のように見えた。

それがふれた瞬間、女郎蜘蛛の姿がザアッと消える。

まるで、風に掠《さら》われたように空気が動いた。

「！」

「消えた……!?」

薄蛍が目を瞠った。

ざくろは立ち上がると、だらりと両腕を垂らす。その手にはめられた手袋は、女郎蜘蛛の血で汚れていた。

「わたしの、秘密……？」

ざくろはうなだれた。

もう今はかすかにしか憶えていない、母のぬくもり。

取り戻せないいとしいもの。

ざくろは、ぎゅっと手を握りしめた。

第五幕

夜会の事件から、さほど日は過ぎていない。

ざくろは、折り畳んだ座布団にしがみついた。

「う……うう……」

畳にうつぶせて横たわる彼女の足もとには、桜《さくら》と総角がいた。

「あーあ……」

しゃがみ込んだ総角は、痛々しげな顔をする。

「あーあ！」

それを真似て、桜が声をあげた。

「見事に潰《つぶ》れたねえ、肉刺《まめ》」

ざくろのかかとは、先日の夜会で履いた、慣れていない靴のせいで肉刺ができ、潰れていたのである。

赤くなった華奢なかかとはたいそう痛々しい。

「ねーっ」

わかっているのかいないのか、桜はにこにこした。

「あのバテレンの履きものめェッ！」

ざくろは座布団から顔を離すと雄叫びをあげる。

「はい、がま油～」

桜は無邪気に、つぶれた肉刺に傷薬をぐりぐりと塗りつけた。

「ギャー！」

とたんにざくろの絶叫が響き渡る。

「みんな！」

そこへ薄蛍が、廊下を渡ってやってきた。両手には盆を捧《ささ》げ持っている。

「雨竜寿《あまりょうじゅ》さまが、お土産《みやげ》を買ってきてくださいましたよ」

その後ろから守るように芳野葛が付き添うのは、もう慣れた眺めだ。

桐《きり》がにこにこしながら、お茶道具の載った盆を頭上に掲げ持っている。桜とふたり、うれしそうにきゃっきゃっと騒ぎながらも、たちまちお茶の支度を卓にととのえてくれた。

涙目でざくろは起き上がる。

「何、これ……」

小皿に分けられた、円形の薄い板のようなものを前にして、ざくろは薄気味悪そうな顔をした。見たこともない代物《しろもの》だ。手にするのもためらう。

「『重焼麵麭《ビスケット》』っていうんですって」

「またバテレン？」

ざくろは顔をしかめた。

小皿からそのビスケットとやらを手に取ってみる。手ざわりはさりさりとしていた。煎餅《せんべい》に似ているかと思ったが、どうやらずいぶんと違うらしい。

「…………」

矯《た》めつ眇《すが》めつ眺めていると、総角が隣に座った。

「これは君の口にも合うと思うよ。甘くておいしいから」

「甘いの？」

「落雁《らくがん》みたいな感じかしら」

薄蛍はそう言いながら、一枚、手に取った。ふわりと甘い薫りが漂う。

「もしまずかったら、どんなにお行儀悪くても口から出すわよ」

「はいはい」

決死の覚悟で宣言するざくろに、総角はにこやかにうなずいてみせる。

ざくろはきっと顔を引き締めると、ビスケットにぱくっとかぶりついた。

口の中に広がる、さらっとした感触。何度も嚙み砕くと、それが甘く変化していく。もぐもぐと咀《そ》嚼《しゃく》するうちに、ざくろはいつの間にか微笑み、最後には完全な笑顔になっていた。

「ね、おいしいでしょ」

その変化を見て取った総角が、隣から尋ねる。

「ま、まぁ……いや別にッ！」

思わずざくろはそっぽを向いた。

だが、明らかに気に入っているその態度に、総角は内心で思った。

——原料に牛乳が入っていることは黙っておこう、と。

今でもざくろは、牛乳を飲めていない。

ざくろほど恐る恐るではないものの、薄蛍もそっとビスケットをかじる。

「おいしい……！　ビスケットって、おいしいですね」

今までにない食感と味わいを、薄蛍は素直に賞賛した。

芳野葛は表情も変えず、自分の皿を薄蛍に押しやった。

「俺の分も食べるといい」

え、と薄蛍は動きを止める。

「でも、利劒さま、甘いものお嫌いじゃないのに」

「おまえが食べていることがうれしい」

「……？」

芳野葛の言葉に、薄蛍は首をかしげる。

「もっと食べて肉つけろってことでしょ」

ざくろはにやにやしながら言った。

「え、丁度いいくらいよ、わたし、……あ」

言いかけて、薄蛍はハッとしたように言葉を切った。その顔が、みるみるうちに赤くなる。

ざくろの揶揄《やゆ》を正確に理解した彼女を、芳野葛はいつものように見守っていた。


象面人身の雨竜寿が、その太い象の前肢で湯飲みを挟む。

「ほら、手でお茶碗を持つの、うまくなったと思わないかい？」

無邪気に雨竜寿は、三狸に示して見せた。

「アラ、本当ですねえ雨竜寿さま！」

「なってくれなきゃ困りますよ。鼻で掴んで飲むとこぼしても気づかないんだから」

「ほほ。人間のお偉いさんにドン引きされないように、一生懸命練習したからねぇ」

三狸の言葉に、雨竜寿は笑ってみせた。

「えーっ、人間のためですかあ」

「人間のためだけじゃない、結局は自分たちのためでもあるんだよ」

雨竜寿の言葉に首をかしげつつ、三狸は部屋を辞していく。

それを見送ってから、雨竜寿の正面に座っていた櫛松が口を開いた。

「妖人省発足よりこっち、人間側と妖人側を行ったり来たりで、ゆっくりする暇もありませんね」

「それが私に与えられた役目だからね。仕方ないよ」

雨竜寿はのんびりと答える。

「……それで、いかがです？」

櫛松の問いかけに、雨竜寿はゆっくりと湯飲みを卓に置いた。

「人間のほうは、まあ、……妖人省《こっち》を体《てい》のいい緩衝材くらいにしか、思っとらんからねェ」

雨竜寿の声は淡々としている。失望も、憤りもない。

「それなりにやってくれれば、正直どうでもいいといった感じだよ。しかし、妖人は……」

櫛松は黙って、うなずいた。

外から、桐と桜が遊ぶ声が聞こえる。

「私ら年寄りはね、色々諦《あきら》めもつくし、ものごとを長い目で見よう、とも思える。……しかし若い者たちは、そうも言ってられんのだろうよ。血気盛んだし、この先ずっと人間に、妖人と忌《い》まれ蔑まれるのかと考えて、やりきれんのだろう。今はまだ、それぞれの長老がなだめているが、それもいつまで保《も》つのやら……」

やれやれと、雨竜寿は溜息をついた。

「世は、変わっていくと思いたいのですが……」

櫛松は目を伏せた。

「そうだね。そうであってほしいね。――そういえば、うちの若い連中は、どうしてるね？」

その会話で思い出したようだ。雨竜寿は首をかしげて尋ねる。

「思っていたより、それぞれうまくやっていますよ」

櫛松はうなずく。

「おお、それはいい。それはいいね」

雨竜寿は、その象面の深い皺《しわ》をますます深め、笑顔になった。

「ただ、今ちょっと、雪洞、鬼灯と、花桐少尉が……少し」

「そりゃ意外だ。双子とあの少年《こ》じゃ、揉《も》めようがないと思っていたがね」

雨竜寿が驚いた声を出す。

「揉めるというか、……拗《す》ねてしまっているんです、花桐少尉が」

「ほほ。拗ねてるかね」

雨竜寿が、そう繰り返した。

トントントントン、と軽快な音を立てて、花桐は廊下を歩く。

その後ろから、トトトト、とさらに軽い足音がつづく。

トン！　と花桐が立ち止まると、後ろの足音も止まった。

「……言いましたよね。そうやって、つきまとうのはやめてくださいって」

花桐は振り返りもせず、告げる。

花桐の後ろを歩いていた双子は、眉をひそめる。

「で、でも丸竜さま」

「ホラッ」

ふたりは手にしていた手布を広げた。その上には、さきほど薄蛍が広間に運んだビスケットがのっている。

「舶来のお菓子なんですって」

「ご一緒に召し上がりません？」

花桐は黙って立ち止まったままでいたが、何かを振り切るように駆け出す。

「あ……っ」

双子は同時にそれを追う。

数歩先で花桐は振り返った。

「だから……！」

花桐の声の荒さに、双子はびくりと身を震わせた。

だが、その大きな声に驚いただけで、怯《おび》えたわけでは決してない。

花桐は何か言おうと口を開きかけたが、何か言うより先に頭を下げた。

「ごめんなさい」

「え……」

何故、花桐が頭を下げるのか。双子は理解できず、ただ目を丸くする。

「おふたりを責めるのは、筋違いだとわかっているんです。――これは八つ当たりです。……申しわけありません。僕が未熟で頼りないから、おふたりがああして……」

頭を下げたまま、花桐は言いつのった。

「ち、違いますわ！」

「違いますの丸竜さま！」

双子は同時に、花桐の謝罪を遮った。

花桐はゆっくりと顔を上げる。

「わたくしたちはただ、丸竜さまを」

「大切な丸竜さまを、お守りしたかっただけです」

雪洞も鬼灯も、迷いなく花桐に告げる。

ひどく真摯《しんし》な、その顔。

「どうして、出会ったばかりの僕に、そこまでなさるんです」

花桐は、じっとふたりを見つめた。

雪洞、鬼灯は、同時ににっこりと微笑む。

「だって、好きになった御方ですもの」

ふたりの声が重なる。

花桐は呆気に取られたが、次いで目を逸らした。

「少しくらい、す、好きになったからって、あんな……」

思い出すと、身が凍るような恐怖もよみがえった。

倒れてゆく、雪洞。

自分を庇う、鬼灯。

ふたりとも、身を挺して自分のために戦い、自分を守ろうとした。

「あんな、……もしかしたら死んでしまうかもしれなかった……！」

双子は顔を見合わせる。

花桐はそんな双子から、目を逸らした。

双子はうなずき合うと、同時に花桐に視線を戻す。

「ね、丸竜さま」

「聞いてくださいな」

その声に、花桐はゆっくりと双子に向き直った。

双子は、花桐に微笑みかける。

「わたくしたちの『おはなし』……」

その微笑みを、何故か花桐は、悲しそうだ、と思った。

縁台に三人で腰掛けた。

「わたくしたちふたりはね、暗闇の中にいましたの」

雪洞が先に、語り出す。

「暗い、洞窟の中に」

ふたりのまなざしが、暗くなる。それを、花桐は胸が突かれるような思いで見つめた。

「そこにはわたくしたちだけ」

「いつもふたりっきり」

身を寄せ合う、幼い双子。

花桐はそれを、見たような気がした。

「だけどたまにひとりの女のひとが、申しわけ程度の食べものや、傷んだ布でこしらえた着物を持ってきてくれた」

「女のひとはわたくしたちを『雪洞』『鬼灯』とやさしく呼んで、……何故だか、いつもとても悲しい瞳をしていた」

何故、そんな場所に子どもがふたりで暮らしていたのか。何故、他に大人はいなかったのか。

花桐は問わず、黙って耳を傾ける。

「女のひとは言うんです」

「『明るいうちはここから出てはだめよ』」

「わたくしたちは言いつけを守って、昼は洞窟《どうくつ》の中でじっとして、夜になると外へ出かけた」

「夜の獣と遊び、飢えを満たすため木の実や木の根を探して食べた」

いくら半妖とて、幼い子どもがふたりきりで、夜の森で過ごしたなどと、花桐には尋常には思えなかった。

そこで初めて、花桐は気づく。

半妖がどのように暮らしているか、……どのように育つかも、自分は知らないのだ、と。

「女のひとはまた言った」

「『わたし以外の〈ニンゲン〉に、決して近づいてはだめよ……』」

つまり、その女性は人間だったのだ。

人間の女性は、双子を隠匿していたのだろうか？

「わたくしたちは、また言いつけを守った」

「だって、どうしてかわたくしたちは、その女のひとのことが、とても好きだったから……」

――とても、好きだったから。

ふたりの声に込められた悲しみが、花桐には感じ取れた。

「だけどある日から、女のひとはぱったりと来なくなってしまった」

「それでもわたくしたちは言いつけを守って、昼間は洞窟の中ですごし」

「夜になると外へ出て、どちらからともなく女のひとを捜して廻るようになっていた」

語るふたりの声は、淡々としている。

だが、その『女のひと』を捜さずにはいられなかったふたりの気持ちが、花桐には痛いほどわかった。

――恋しかったのだ。

「幾度も幾度も夜は巡り」

「それでも女のひとは見つからず」

「代わりに、ある昼」

「見たことのない『何か』が、わたくしたちの前に現れた」

「それは女のひとの言っていた、『ニンゲン』というものだった」

花桐は、ハッとした。

初めて会った、人間……。

「それは、洞窟中がうわんうわんいうような大声で叫んだ」

——おまえたちを隠していたせいで俺の女房は殺された！

——このハハオヤゴロシの化けものども！

「そう叫びながら振り下ろされる鍬《くわ》から、わたくしたちは必死で逃げた」

「明るい陽射しの森の中へ、ただがむしゃらに駆け出した」

淡々と語る、双子の声。

花桐は青ざめ、手を握りしめた。

その淡々とした調子が、彼女たちの傷を、より強く感じさせた。

「叫び声は雪崩《なだれ》のように追いかけてきて、いつかきっとわたくしたちを飲み込むのだろうと思った」

「だって明るいうちに外へ出てしまった、『ニンゲン』にも会ってしまった」

「女のひとの言いつけを、ふたつとも破ってしまったんだもの……」

「——でも、そうじゃなかった」

そこで初めて、ふたりの声が色づいた。

夢見るような瞳は、ふたりとも同じだ。

「気づくとわたくしたちは、暖かい場所にいた」

「そこは、凪のように駆ける、白い大きな狐《きつね》の背だった」

「狐は言った」

　——わたしは櫛松。おまえたちを仲間のもとへ連れて行ってあげるよ。

「こうして、わたくしたちはざくろと薄蛍に出会ったのでした」

「おしまい」

　ふたりは語り終えると、ウフフ、と笑った。

「そ、んな……」

　花桐は、過酷な過去を笑顔で語る双子に、言葉を失った。

　実の母に、隠されて。その夫である男に、殺されかけて。

　自分たちの存在が間接的に母を殺したことを知っていて、それでもなお、……彼女たちは、笑顔を見せられるのだ。

　悲しみを隠しているのが、花桐にはわかった。

　どれほどの深い悲しみを、どのようにして彼女たちは乗り越えたのだろう？

「そうそう、それで、その後、たいへんだったのがね」

「わたくしたち、言葉が話せませんでしたの」

「え……？」

意外な言葉に、花桐は目を瞬かせた。

「わたくしたちふたりは、話さなくてもお互いの考えが伝わるし」

「女のひとの言うことは理解できても、こちらから話したりしなかったんですのよ」

「だって、自分たちが話せるだなんて、知らなかったんですもの。――おかしいでしょ」

「おかしくなんて！」

花桐は、叫んだ。叫ぶと同時に、じわりと視界が潤む。

「おかしくなんてない……っ」

花桐の双眸《そうぼう》に満ちた涙は、たちまち溢れて落ちた。

ぽたぽたと落ちた先で、握りしめた手を濡《ぬ》らす。

「どうして、――どうして、こんなときにまで、笑うんです……どうして、っ」

花桐は、問わずにはいられなかった。

「丸竜さま……」

雪洞と鬼灯は、そっと手を差しのべると、涙で濡れた花桐の手を取った。

「わたくしたちはもう二度と、大切な人を捜して夜の森を彷徨《さまよ》った、あんな思いをするのは嫌ですの」

「なんにもせず、じっと隠れているうちに、大切な人を失ったりしたくありませんの」

やさしい声も、花桐の涙を止めることはできない。

双子は微笑みながら、うつむく花桐の顔を覗き込んだ。

「だからわたくしたちは、丸竜さまのために戦うんですわ」

その言葉に、花桐は静かに涙した。


「……僕にできることって、なんだろう」

泣き腫《は》らした顔のまま、花桐は呟いた。

双子と別れた花桐は、寝室に向かっていた。とりあえず、自室で落ちつきたかったのだ。

玄関ホールを横切ろうとすると、玄関の扉を叩く音が聞こえる。

花桐は戸惑った。こんな顔を人に見られたくはなかったが、急用なのか、その音は激しく、絶えることはなかった。

花桐はできるだけ顔を拭《ぬぐ》うと、玄関扉まで向かった。

把手に手をかけてあけると、外に立っていた着物姿の女性がぺこりと頭を下げる。

「お忙しいところ、すみません」

こざっぱりとしてはいるが質素な着物を纏い、きゅっと結った日本髪からは、旧家の使用人といった印象を与えられる。

「はい、どちらさまで？」

「あの……っ、ぼっちゃまに、――ぼっちゃまに会わせていただけませんでしょうか……！」

彼女は思い詰めたように、胸もとでぎゅっと手を握りしめた。

だが、そんな彼女とは裏腹に、花桐は首をかしげる。

「『ぼっちゃま』……？」

「ハイ、ビスケットをどーぞー」

桜がにこにこしながら、葉っぱにのせた、ビスケットに見立てた丸い石を総角に差し出す。

「ど、どうも……」

「まだまだ沢山ありますからねェ」

広間から見える庭で、総角は桜の相手でままごとをしていた。桜がねだり、総角が折れる形で承知したのだ。

「総角さん、妖人が怖いの、もう治ったの？」

そのさまを見ながら、薄蛍が問う。

「んー？」

ざくろはじろりと総角を見た。

「ハハ決まってるじゃアないですか。とっくに克服いたしましたよ」

総角は髪をかき上げると、片手で石を持ったまま、すっくと立ち上がった。

優雅な身のこなしで、縁側を上がり、ざくろと薄蛍に近づいてくる。

「それもこれも、妖人でありながら美しい君を知ってしまったから……」

微笑みを浮かべた総角が話しかけたのは、何故か薄蛍だった。

「え、あの」

薄蛍は目を瞠ってきょとんとする。

それを呆れたように見ていたざくろが、ぱちん、と指を鳴らした。

すると、どこからともなく豆蔵が、しゅっと総角の目の前に現れる。

それまで、貴公子然としていた総角が、女のような悲鳴をあげてとび退《の》いた。

「なァにが克服だか」

ざくろは吐き捨てた。薄蛍も、ああ……と複雑な顔つきをしている。

「いや、……でも本当に、最近は怖くなくなってきたと思うんだけどな」

すぐに気を取り直した総角は、頭を掻きながら弁解した。

「そうかしら」

ざくろは目を細めて、総角を見上げた。

苦笑しつつも、総角はざくろたちの傍に腰をおろす。

「ここに配属になる前は妖人を見るのも怖かったけど、今はこうして君の隣に座っているし」

総角は真面目な顔をして、言った。

この男はこういうとき、真面目だから困るのだ。ざくろはなんとなくそんなことを考えた。

「わたしが妖人じゃなくて、半妖だからじゃないの？」

考えながら、ふんとそっぽを向く。

「そうなのかなぁ……」

総角は釈然としないように呟いてから、じっとざくろの横顔を見つめた。

「……何？」

その視線を感じ取って、ざくろは尋ねる。ずっと前を向いていたので、隣にいたはずの薄蛍がそっと立って部屋を出ていったのにも気づかない。

「このあいだの夜会で、女郎蜘蛛が言っていたこと」

「ああ、……もっと気にしてるかと思った？」

「うん」

(ざくろ、このままいけば、おまえは、きっと、……母親の、——そして、おまえ自身の秘密を、知ることに、なるでしょうよ)

そう、呪《のろ》うように告げた、女郎蜘蛛の美しい貌《かお》は、明らかに勝ち誇っていた。

「たしかに気になるけど、……そんなに四六時中、気にしてても、仕方ないじゃない」

「……君は、強いね」

その言葉に、ちらりとざくろは総角を見た。やや剣呑《けんのん》な気分になっていたので、思うがままに言葉を舌に載せた。

「強い子より、薄蛍みたいなおしとやかな子が好みなくせに」

「え……？」

総角は、何を言われたのかわからないとでもいいたげに、きょとんとしてみせる。

彼の反応に、ざくろはしばし、考え込んだ。

「いや！　別にわたしが気にすることじゃないわよね！　へんなこと言った！　忘れて！」

考えた結果、すくっと立ち上がる。

「えっ、え？」

唐突な言動に、総角も釣られて立ち上がる。

「さっきの気にしてるなら、あれは条件反射というか……」

「何言ってるのよ！　気にしてないってば!!　なんでわたしがそんなこと気にしなきゃなんないのよ!!」

ざくろは反射的に声を荒げた。

「でも」

なおも総角は言いつのろうとする。

そこへ豆蔵が、庭から縁側を覗き込んだ。

「ヒューヒュー。痴話喧嘩《げんか》かい、おふたりさーん」

桜も、興味津々の表情でその後ろから眺めてくる。

「「うるさいッ」」

ざくろと総角の声が重なった。

その阿吽《あうん》の呼吸は、さすがにパートナーを組んでいるだけあった。

「とにかく、この話は終わり！」

「でも」

「モウ！　デモデモ言わないでったら！」

ざくろが大声を上げると同時に、足音が響いた。

花桐が、誰かを連れて角を曲がってきたのだ。

ざくろが先に気づいた。

「ぼっちゃま！」

ざくろが何か言うより早く、花桐の連れてきた人物が叫ぶ。

「――タエ……？」

総角がゆっくりと振り向いた。

「ぼっちゃま……！」

タエと呼ばれた少女は、総角に駆け寄った。

ざくろはそのさまを、目を瞠って眺めた。

「お会いしとうございました、ぼっちゃま……！」

タエは、涙を溜《た》めた目で総角を見上げた。

中座して戻った広間に誰もいなかったので、何かあったのだなと察した薄蛍は、ふたりの姿を求めて妖人省の中を捜してまわった。

そうして、客間の扉にはりついていた双子と花桐を発見する。

「何？ なんの騒ぎ？」

近づいていって尋ねると、鬼灯が顔をこちらに向けた。

「総角さんを訪ねて、女性がいらしたらしいですわよ」

雪洞は扉に耳をつけたままだ。

「そうなんですよ！ 『ぼっちゃま』なんて呼んで、抱きついたりして！」

ふたりと一緒に扉に耳をつけていた花桐が、興奮しているのか、その少年らしい顔を上気させながら説明した。

「抱き、……ええッ」

たちまち、薄蛍の頬も赤くなる。

「いやア、あれはざくろさん、相当腹に据えかねて……」

そう、したり顔で言う花桐の後ろで、ゆっくりと客間の扉があいた。

その気配に振り向いた花桐は、ヒッと声をあげる。

隙間から覗いたざくろは、それはそれは剣呑な顔をしていた。

＊

ざくろは音を立てて扉を閉めると、室内を振り返った。

「え、何？」

長椅子にかけた総角が、驚いたようにこちらを見ている。

「別に！」

ざくろはささくれた気持ちのまま答えると、どすと総角の隣に腰掛けた。

総角には、ざくろの機嫌の悪さはわかっても、その理由までは思い至らないらしい。不思議そうな顔をしている。

正面に座っている少女、タエも、そのやりとりを不思議そうに、ちょっとだけ眉をひそめて見つめていた。

ざくろはそれに苛立《いらだ》って、隣の総角に肘《ひじ》を入れる。

「うッ」

総角は呻《うめ》いたものの、すぐに察したようだ。居住まいを正してタエに向き直る。

「タエ、もう落ちついた……？」

その合間を縫って、三狸のひとり、三扇《みつおうぎ》がそっと卓に茶器を置く。

「はい……申しわけございません、ぼっちゃま。取り乱してしまって……」

「いや……」

「へえー。女中を手込めにでもしてたのかい？　やるじゃないか、アンタ」

そのやりとりを聞いて、三扇はニヤリとした。

その言葉に、ざくろがきりりと眉をつり上げる。とたんに、彼女の周囲の空気が重さを増した。

「ち……！　違いますよ物凄く！　エエト……」

「三扇よ」

ざくろが無表情に教える。

「み、三扇さん！」

しかし三扇は取り合わず、ホホホと笑いながら去っていく。

重苦しい空気に、総角はいたたまれなくなった。

「あの、景ぼっちゃま。そちらの女性は……？」

その空気に気づいたのか、タエが恐る恐る話しかける。

「ああ、彼女は僕の」

言いかけて、総角は一瞬、考えた。どう答えるべきか。

「助手、なんだ」

「へーえ……」

総角の紹介に、ざくろが地を這《は》うような声をあげる。

「そ、それでどうしてここへ？」

その声の剣呑さをかき消すように、総角はタエに問いかける。

「特に急ぎの用向きではないのですが、旦那さまが、たまにはお顔をお見せしろと……」

「——父さんが」

ふ、と総角の顔色が変わる。今までにない張りつめた顔つきに、ざくろは眉を上げた。

緊張しているのだ、と気づく。

「でも、旦那さまがそうおっしゃるときは、相当、ぼっちゃまのお顔が見たいということですから、……それで奥さまが、わたしを遣わされたのです」

そこでタエは、笑った。素朴な笑顔だった。

「ざくろくん、ちょっと」

次の瞬間、総角はざくろの腕を掴みながら立ち上がった。タエがそれを、呆気に取られたような顔をして見ている。

「ちょ、何!?」

総角らしからぬ乱暴なしぐさに、ざくろは戸惑った。

部屋の外に出るだけでなく、廊下の角を曲がった先まで腕を引っ張られて連れてこられた。

ざくろとしては、タエが現れてからイライラがつのってどうしようもない。

その上、総角とは対等の立場であるはずなのに『助手』扱い。これは総角を二、三度殴ってもいいのではないかと思ってしまう。

「――で？」

「わざわざシメられるために中座してくれたわけ？　景ぼっちゃ、、、、ま」

そんな気持ちをこめて嫌みを言うと、総角はうっと言葉を詰まらせた。

「あー……ええと、――ざくろくん！」

「助手の、、、ざくろです」

「本当にすみません……ていうか、この通り！」

総角は頭を下げると、まるで拝むようにぱんっと両手を合わせた。

「何？」

態度の変わりように、ざくろは後退《あとずさ》った。いやな予感がする。

「僕の家に一緒に来て！」

「はあ!?」

さすがにこれには、ざくろもぽかんとする。

「頼む……!」

頭を下げても長身だから、総角の表情が見える。必死なその顔は、どこか苦しそうでもあった。

ざくろはくるっと総角に背を向け、その場を立ち去った。

*

ざくろが何も言わず去ってしまったので、総角はぽかんと顔を上げる。

「……?」

いくらへそを曲げても、ざくろは陰湿に溜め込まない。怒りは発散するたちだ。

だから、彼女がむくれて去ったとは、総角にはとても思えなかった。

しばらくその場に佇《たたず》んでいると、早足でざくろが戻ってくる。

何ごとかと思っていると、手にした紙切れをずいっと目の前に突きつけられた。

「はい」

差し出された紙には折り目がついていて、連なった短冊のようになっている。その一片ずつには、縦にこう書かれていた。

水あめ
金平糖《こんぺいとう》
黄金芋《こがねいも》
笹まき
金平糖
氷　水
ラムネ
金平糖

どれだけ金平糖が好きなのかと総角はちらりと思った。

「これに拇印《ぼいん》を捺しなさい」

「え、うん……」

朱肉まで差し出される。総角はざくろの示すがまま、指先を赤くし、拇印を押した。

「これ、……何？」

「チケットよ」

「チケット？」

ざくろがさもあたりまえのような顔をして言うのを、総角はおうむ返す。

「はい、じゃアまず三枚」

総角の拇印がチケットに捺されているかを確認したざくろは、短冊状になっている紙――チケットを三枚、そっと破り取る。

氷水、ラムネ、金平糖。

「この一連の失礼で二枚、家についていくので一枚だから、あわせて三枚」

「！」

総角はそこで理解した。

このチケットに書かれたものを求めることで、ざくろは自分の頼みを了承してくれているのだと。

その、総角に引け目を感じさせないやり方は、いかにもざくろらしかった。

だが、総角はとうに気づいていた。気が強く、総角にとっては厳しい態度をよく見せるざくろが、実はかなりやさしい性質だということに。

でなければ、薄蛍や、雪洞に鬼灯、豆蔵や、桐、桜があんなふうに慕うはずはないのだ。

「……ありがとう」

「……お礼言われる筋合いはないわよ」

そのつっけんどんな言葉も、ただの照れ隠しだ。頬が上気しているのは、たぶん総角でなくともわかっただろう。

「でも、ありがとう」

総角は繰り返した。

「ほ、ほら、戻らないと！　あのタエって子、放ったらかしで」

なので総角は、勇気を出して言うことにした。

どちらにしろ、タエの前では頼めない。

「実は、……もうひとつお願いが、あるんだ……」

ぴた、とざくろが止まる。

総角の声に帯びた、躊躇《ちゅうちょ》を感じ取ったようだ。

「僕の家ではその耳、隠していてほしい、んだけ……ど……」

すうっと振り向いたざくろは、すさまじい顔つきをしていた。


ガラガラと車輪を鳴らして、馬車は進む。

その車輪の音の中、ざくろは言った。

「耳が押さえつけられて、猛烈に痛い」

総角の要望通り、ざくろは頭頂の耳を隠していた。髪を、本来の耳の位置に団子状に結って、その中に押し込んだのである。おかげで不自然に押さえつけられて、非常に痛い。

「ご、ごめん……」

すまなそうな顔をして、総角が謝罪する。

「これは二枚分です」

ざくろは助手として、総角の実家に同行するという形を取っている。そのため、総角に対していつもと異なり丁寧口調だった。

「ハイ……」

総角はうなだれながらも、つきつけられた紙片を受け取る。

「？　ぼっちゃま、それは？」

タエが向かいの座席で首をかしげた。

「いや！　なんでもないよ、ちょっとした遊びさ、ハハハ」

総角が紙片を胸ポケットにしまいながらごまかし笑いをする。

「ハハハ」

ざくろもそれを真似て、乾いた笑い声をたてた。

総角は、自分の唇に指を立てるしぐさをして見せた。ざくろはそれを、恨みがましく見上げる。

「………」

タエは黙って、ふたりのさまを見つめた。

馬車に揺られ、辿《たど》り着いたのは。


門をくぐってからの道のりがやけに長いと思っていたが、馬車を降りてざくろは絶句した。

目の前にそびえ立つ洋館の屋敷。

「……な、何、これ」

「ば、……バテレンの城!?」

思わずそう言ってしまうほど、総角の実家は広大だった。

それを聞いて、総角はおっとりと笑う。

「ハハ、何言ってるの、僕の家だよ」

「何言ってるのはそっちだ。本当に王子様だったとは……」

ざくろは呆れた。

総角はそれを気にせず玄関に向かう。それについていきながらも、ざくろは目を瞠った。

「お帰りなさいませ、ぼっちゃま!」

「お帰りなさいませ!」

玄関につづく階段の前には、両脇《わき》にずらりと使用人が並んでいた。

総角はそのあいだを、ごくあたりまえのように微笑みを浮かべて歩く。

「お帰りなさいませ」

「ただいま、みんな」

「お帰りなさいませ」

使用人たちは頭を下げたまま、出迎えの言葉を口にする。

長くゆるやかな階段に足をかけるより先に、前方の玄関扉から、ひょこっと子どもが顔を出した。

子ども、——かわいらしい洋装が人形のようによく似合う少女は、髪を後ろで結って背に垂らしていた。大きなリボンがひらひら揺れる。その足もとには、特徴的な模様の猫がまとわりついていた。

「にいさま！」

少女は総角をみとめると、うれしそうに駆け寄ってきた。

「組子《くみこ》！」

総角も、名を呼びながら少女に手を差しのべる。少女はその両腕にしっかりとしがみついた。

「組子、こちら、ざくろくん」

総角は少女を軽々と抱え上げると、ざくろのほうを向いた。

「助手の、ざくろです——」

自己紹介したざくろを、組子はじっと見つめる。大きな瞳に見つめられ、ざくろはハッとした。

「こんにちは、不思議なあねさま」

組子の声も姿も何もかも少女のものなのに、その態度はひどく落ちついていて、神々《こうごう》しくさえ感じられた。

ざくろは何故か気圧される。だが、それは恐れでも怯《ひる》みでもない。

組子から漂う雰囲気は、半妖のざくろが心地よさを覚えるほど、清冽《せいれつ》で濁りがなかった。

「……こんにちは」

ざくろが挨拶をすると、総角は組子を抱いて、前へ歩き出す。

組子が総角に話しかける楽しげな声、それに受け答えをする総角の声。

茫然としていたざくろは、はっと我に返った。

「幸せそのものじゃない、——なんで……」

自分を連れてきたのかと。

うつむいたざくろは、あることに気づいた。

「……ん?」

幸せそうな総角と、その家族。

恐らくは妹だけでなく、他の家族ともうまくいっていないということはないだろう。

なのに、自分を連れてきたのは、……このせい、なのかと。

「…………」

ざくろは思わず、考え込んでしまった。

『助手』が同行するのは予想外だったため、客室を用意するまでのあいだ、総角の部屋に招かれた。客間で待てばいいではないかとざくろは思ったが、総角が、家人に聞かれたくない話がある、というので仕方がない。

「ここが僕の部屋。どうぞ、入って」

招き入れられたのは、洋室だった。壁に沿って置かれた書棚と書きもの机。庭に面した壁には縦に細長い窓。くつろぐための長椅子と、寝台。

「どこもかしこもバテレンにかぶれまくりね」

ざくろは室内をきょろきょろと眺めまわす。洋風に詳しくないざくろでも、置かれた調度が手のこんだ高価なものであることが容易にわかった。

「はは、言うと思った」

総角はあくまでも明るい。

ふう、とざくろは溜息《ためいき》をつくと、額《ひたい》に手の甲を当てた。

「どうかした?」

「耳、押さえつけてて、頭痛くなってきた……」

ふれた額は冷たい汗が滲《にじ》んでいる。ざくろは素直に弱音を吐いた。

「えッ。ご、ごめん！　今だけだけど、ほどいてる？」

さすがに総角が慌てた。

「そうする……」

ざくろはうなずきながら、髪を結い留めているリボンを引いた。パラ、と髪が降り、押さえつけられていた耳が解放される。

だが、それにホッとする間もなく、閉めたはずの扉ががちゃりとあいた。

「にいさま！」

「お嬢さま、お待ちください！」

とび込んできたのは組子だった。その後ろから、タエ。

「わー！」

総角は叫びながら、がばっとざくろを抱きしめる。

頭の耳を隠すための咄嗟《とっさ》の動きなのはわかっている。だがそれでも、総角の胸に伏せたざくろの顔は、みるみるうちに熱さを増した。

「ど、どうした組子！」

「遊んでー」

組子は無邪気な声でねだった。

「う、うん」

総角は、ざくろの姿が妹に見えないよう、そっと手を放しながら背で庇う。ざくろは総角の後ろで素早く耳を押さえた。

「じゃア、お庭に行こうか」

総角はそそくさと、妹を連れて部屋を出る。

パタン、と扉が閉まったのを確認してから、ざくろはそっと耳から手を放した。

「……何？　わたしに何か、用？」

じっと見つめてくる視線に、ざくろは尋ねる。

組子を止めに入ったはずの夕エが、まだ部屋に残っていた。

「……あの、っ」

夕エの声は震えていた。

別に自分が半妖だから怖いのではないだろうことは、ざくろにも見当がついた。

彼女が怯えているのは。

「景ぼっちゃまとどういうご関係なんですか……？」

予想通りの問いかけに、ざくろはそっぽを向いた。視線の先は窓。たったいま部屋を出ていった総角と組子が、庭に降りていくのが見える。

「関係？　あァ、だから助手……」

というこことにしているだけだけどね、と内心で思う。

「そうじゃなくて……！　景ぼっちゃまと、ずいぶん仲がよろしいようでしたから、その、こ……恋人、とか……」

タエは食いさがった。

「……は？　そんなわけないでしょ！」

反射的にざくろは叫ぶ。

「ですよね!?」

タエが、顔を真っ赤にして叫んだ。

それはそれで、なんとなく腹立たしい。

「……ねェ。――あんなのの、どこがいいわけ？」

その腹立たしさを払拭《ふっしょく》したくて、尋ねる。

さすがに、実はたいそうな弱虫で、妖人だけでなく半妖すら怖くてたまらないのだとは言わないでおいてやった。武士ではないが情けである。

「そんな言い方しないでください！」

きっ、とタエはまなじりをつり上げた。敬愛する主人を貶《けな》されて怒ったのか、それとも、好意を抱いている相手をバカにされたからか。

どちらだろう、と、ざくろはどこかさめた頭の隅で思った。

「ぼっちゃまは、……景ぼっちゃまは、わたしども使用人にも、分け隔てなく接してくださいます。とてもおやさしい方なんです」

切々と、彼女は訴える。

そう言い切ってから、タエはハッとしたように口もとを押さえた。

すぐに、頭を下げる。

「すみません……！」

ざくろは、タエのうなじをじっと見つめた。

「どうして、謝るの」

「か、仮にも、ぼっちゃまの助手の方に……失礼いたしました」

タエは戸口でもう一度、深々と頭を下げてから退出した。

とたんに室内はしんと静まり返る。

遠くから、総角と遊ぶ楽しげな組子の声が、聞こえた。

――総角がやさしい男なのは、ざくろも知っている。

彼は誰にでも分け隔てなくやさしいのだ。

そう、分け隔てなく。

……だから、その性質が、苦手なはずの半妖であるざくろにも発揮されているに過ぎない。

誰にでもやさしい男に、どうしてかざくろは腹立たしさを覚えた。

＊

「ただいま。ごめん、ひとりで待たせちゃって」

組子としばらく遊んでから、総角は自室に戻った。たまにしか会えない妹なのだからもっとかまってやりたいが、ざくろをひとりきりで部屋に置いてきたのが気がかりだった。

ざくろはぼんやりと、長椅子に腰掛けていた。

だが、総角が部屋に入るなり、すっくと立ち上がったのである。

「あれ？ どうかし……」

ツカツカと歩み寄ってきたざくろは、目にも留まらぬ素早い動きで総角の腹に拳を叩き込んだ。

「うぐ……！」

総角はこれでも帝国軍人である。それが反応しきれないほどの早さ、そして人間と違って、少女の身ながら凄《すさ》まじい破壊力でぶん殴られ、総角は腹を押さえてその場にうずくまった。

「……何故」

「知ってるわよ！」

ざくろが大声を張り上げた。

それは本当は、タエに言いたかった言葉だ。

この男がやさしいことなどとうに知っている、と。

「え、何を……？」

状況を把握できていない総角は、涙目になりながら顔を上げる。

「知らない！」

ざくろの横顔は、はっきりとした怒りに彩られていた。

「え……知ってるの？　知らないの……？」

総角は問うが、答えはない。ただざくろは、きゅっと唇を噛みしめるだけだ。

総角はそろそろと起き上がった。痛みが治まってきたので立ち上がろうとすると、ふう、とざくろが息を吐く。その顔から怒りの色は消えていた。

「ねえ、聞いていい？」

落ちついた、声。

いつもと違う調子に、総角は戸惑う。

「え……？」

「この家にわたしを連れてきた理由」

ざくろは、すうっと総角に向き直った。

静かな瞳で見つめられる。

「……この家に、妖人がいることと関係してるの？」

何秒か、総角はぽかんとしていた。どうやら、ざくろの言葉を理解できなかったようだ。

だが、すぐに立ち上がる。

「え！　まだいるの!?」

その顔はサアッと血の気が引いて、青くなった。

「まだ……？」

ざくろが呟くと、助けを求めるようにざくろに近づき、その後ろに隠れようとする。

「ど、ど、どこに!?」

「今ここにはいないってば！」

その狼狽《うろた》えっぷりに、ざくろは叱りつける。

その一声で、総角はホッと息をついた。だが、その顔から懸念の色はぬぐえない。

「そんな、……あれ以来、見かけなかったのに、じゃア、どうして五英《いつえ》を」

「五英？」

その名にざくろが首をかしげると同時に、開いたままだった扉の隙間から、猫が入ってくる。

ニャー、と鳴く猫は、首に巻いたリボンから鈴を下げていた。その鈴が、かすかに鳴る。

ニャーン……という猫の鳴き声と、ちりん、ちりん、となる鈴。

総角には鈴の音や猫の鳴き声は聞こえていないようだが、妖人がいるというざくろの断言に、怯えたようにあたりを見回した。

「………」

ざくろは黙って、戸口で止まってしまった猫を見つめる。

はたはたとしっぽを振って、ざくろを見上げる猫。

その首につけられた鈴の音《ね》。

どう説明すべきかざくろが迷っていると、扉がコンコンと叩かれる。

「ぼっちゃま、お夕食のご用意が整いましてございます」

使用人が、扉の外から告げる。

総角が、ハッとしたように顔を上げた。

「旦那さま、奥さま、組子さまもお揃いです。お早めにいらしてくださいませ」

使用人が去ってから、総角はざくろに向き直った。さきほどの怯え方とは違い、どことなく言いようのない表情を浮かべている。

「ざくろくん、今のうちに言っておくね」

かしこまった態度に、ざくろは眉を上げた。

総角は、腰から身を折って頭を下げた。

「ごめんなさい」

潔い謝り方だ。

「？」

しかし、ざくろにその理由は思い当たらなかったし、このさき何が待ちかまえているか、予想もつかなかった。


「いやァ、はっはっは！」

食卓の上座で愉快そうに笑う男は、壮年にさしかかったほどに見える。

食事時でもきちんとした軍服姿だから、よほど位の高い軍人なのだろう、とざくろは考えた。

「妖怪どもを成敗するお役目を、君のような年若い娘も務めているとは、結構、結構！　これからは、西洋に倣ってご婦人も社会に出る時代だ！」

豪快な声。ざくろは、耳を出していなくてよかった、と思った。この声をまともに聞いていたら、腹立たしさが増したに違いない。

「君もそうは思わないかね？」

「え、ええ、まァ……」

同意を求められ、ぎこちなくうなずく。

「ハハハ、理解のある娘さんだ！」

満足そうに笑う男は、総角の父だ。

卓に並ぶのは洋食、卓についている総角の母と妹は洋装、しかも父親は大の妖人ぎらい。

「……なるほどね」

ざくろはぼそりと、隣に座る総角だけに聞こえるように呟いた。

そりゃあ、前もってぺこぺこと頭を下げるのも道理だ。

「妖人省発足の話を聞いたとき、これは息子に適任だと思ってねェ」

総角の父は、自慢げに語る。

自分の息子が大の妖人ぎらいなのを知らないのかと思いつつ、ざくろは総角を見た。

「で、どうすればいいのよ、これ」

ひそひそと尋ねたのは、総角の父の饒舌《じょうぜつ》についてではない。目の前に並べられた洋食の食器だった。

「ああ」

ナイフだのフォークだのの名称はわかるが、こんなにずらりと並んでいるのはほとんど初めて見る。

総角はすぐにわかってくれたらしい。うなずくと、囁き返す。

「じゃア、僕の真似をして食べるといいよ」

「面妖な箸《はし》ね」

ぼそりとざくろは呟き、総角の手もとをちらりと見る。

「まァ、私ほどの重鎮ともなると、ちょっと願いごとを呟けば、不思議とそれが叶《かな》ってしまうもので、晴れて景は妖人省に……」

意気揚々としゃべっている総角の父は、ざくろと総角のやりとりに気づいていないようだ。皿に置かれたパンを、素手で食べていいものか、隣の総角をチラチラ見ながら真似をしていると、総角の正面に座っている夫人の視線に気づく。

総角の母は、夫に比べて若く見えた。たおやかな美貌が洋装に映えている。しっかりと結った髪はすべて上げられて、耳には大きな耳飾りが下がっていた。

けむるようなまなざしはざくろに向けられていたが、敵意や侮蔑《ぶべつ》などは感じられなかった。むしろ、ざくろに対して友好的でさえある。通った鼻梁《びりょう》に、つややかな唇。この美貌を総角と組子は受け継いでいるのだろう。

総角の母からの視線を不思議に思いながら、ふと、ざくろはその隣に座る組子に視線を向けた。

組子は、ざくろが戸惑ったパンを手で取って、小さくちぎっている。

見ていると、そのちぎったかけらを持ったまま、手を下へおろした。

不思議に思い、ざくろはそっと、端から食卓越しに彼女の手もとを見やる。

と、組子の指先が摑んだパンのかけらを、猫が食べているのが見えた。

ざくろはゆっくりとまばたく。

鈴のついたリボンを巻いた、猫。

それにエサをやる、少女。

ざくろは姿勢を正すと、改めて組子を見た。

組子はすぐにざくろの視線に気づき、そっと唇に指を立ててみせる。

ああ、総角の妹だな、とざくろは思った。総角がときどき見せるのと同じしぐさだったからだ。

「やはりここまであんな化けものどもをのさばらせていたのが間違いだったのだよ！」

何かわかったような気がしてぼんやりとしたざくろの思考に、大声が割り込んでくる。

総角の父だった。見ると、苦々しげな顔つきをしていた。

「今日《こんにち》の帝国は西洋文化の時代、文明開化だ！　それなのにあんな時代遅れの化けものを……」

化けもの。

それは、妖人のことだろう。

では、半妖である自分のことでもあるのだ……。

「お父さま。せっかくですから、ざくろくんに、お父さまの武勇伝をお聞かせしては」

総角が、父親の言葉を遮った。

ざくろは少し驚いて、総角を見た。総角も、ちらりと視線を投げてくる。

「おお、そうだなそれがいい！ サテ、あれはもう二十年の昔……」

総角の父は、鷹揚《おうよう》にうなずくと、語り始めた。


ざくろはぼんやりと、露台《ろだい》から庭園を眺めていた。

用意された客用寝室から出てすぐの廊下は庭園に面していた。半円の露台には美しい装飾が施されている。

ざくろはその露台に出て、庭園を眺めていた。

邸内は静かだ。今は耳を押さえているせいもあって、風にざわめく葉擦れも少し遠のいているように感じられる。

さきほどから感じていた気配が、すぐ傍までできてもざくろは振り向かなかった。

ことり、という音に、初めて気がついたふりをして身を返す。

露台に置かれた白い華奢な卓子に、小皿が置かれていた。

「内緒で桃を切って貰《もら》ったんだ。よく冷えてるよ」

「――あの、タエって子に？」

ざくろが問うと、総角はきょとんとしつつもうなずいた。

「え？　うん」

「わたしと食べるって言ったの？」

「うん……」

「今ごろ泣いてるかもよ、あの子」

「？　どういうこと？」

やれやれ、とざくろは内心で溜息をつく。タエの切なる想いなど、このやさしくて鈍い男が気づくはずもない。

その溜息に安堵《あんど》が含まれていたのに、ざくろは自分でも気づいたが無視した。

「内緒」

卓に近づき、楊枝《ようじ》を摘んで食べやすく切られた桃を取り上げる。

「アァ、おいし。さっぱりするわ。——あの茶色い、ドロドロの汁」

桃をひとかけら食べ終えてから、ざくろは伸びをした。

「ビーフシチュウね」

総角がうなずく。

「あれの中の、動物の身で胃がもたれてたの」

獣肉を食べつけないざくろは、食べ終えるのに苦労した。だが、残すのも不作法だと、頑張ってしまったのだった。

ざっ、と風が吹く。

夜風が運ぶ花の香《か》に、ざくろは目を細めた。露台に手を置き、庭園を眺める。

「ここの庭、何の花が咲いてるの？　微《かす》かに甘い薫りがする」

「……さっきは、色々我慢してくれて、ありがとう」

総角は、問いに答えるより先に、礼を述べた。

ざくろは、ゆっくりと振り返る。

「『チケット……』」

ほとんど同時に、ふたりは口を開いていた。

一瞬後、ふたりとも思わずくすくす笑ってしまう。

「残り、全部もらうよ」

総角が、告げた。

ざくろに用意された寝室は、総角の部屋ほど広くはなかったが、ざくろにとっては充分だった。

洋灯を点《とも》さず、月明かりだけでざくろは、寝台に置いておいたチケットを手にする。

振り向いたが、いつの間にか総角は窓辺に立っていた。

開け放たれた窓から吹き込む夜風が、カーテンをひどく揺らす。

「ねえ。他人《ひと》の親を悪く言いたくはないけど、――相当偏ってるのね、アンタの父親」

ざくろは窓辺に歩み寄りながら、言った。

「……うん」

総角は窓の桟にもたれながら、ざくろの言葉にうなずいた。

「アンタが妖人を怖がるのって、あの父親が原因なの？」

「それも、あるかもしれない。まあ、僕はもともと、弱虫だったんだけど」

どことなく諦めたように、総角は肯定する。

「あっさり認めるようになったわねェ」

ざくろがやや呆れつつ言うと、総角はかすかに苦笑した。

「君は、この家に妖人がいると、言ったよね」

「……ええ」

「それは、僕が幼いころに見た妖人だと思う」

ザアッ、と吹き込む夜風。

カーテンだけでなく、ざくろの髪も揺れた。

「……それはある夜、僕の枕もとに立っていた。僕はそのことにひどく驚いて、……屋敷中の者が起き出してくるほどの大騒ぎをしてしまい、父に叱《しか》られたよ。男のくせに、意気地がないと」

風が止《や》むと、総角は静かに語り出す。

ふだんの彼の、妖人に対する怯えようを知っているざくろは、ちらりと気の毒に思った。そりゃあ大騒ぎをしたのだろう。

「妖人を見て驚いたと言ったら、あの通り、妖人ぎらいの人だから、酷《ひど》く折檻《せっかん》されて、……それがあまりに辛《つら》くて、僕はますます妖人を怖がるようになってしまった」

それはさぞ、つらかっただろうと、ざくろは自然に思った。

そんな目に遭えば、妖人というだけで怯えるのも道理かとも思えた。

「そして同じ日、可愛がっていた猫の五英がいなくなったんだ。きっと、僕の枕もとにいた妖人が、僕の態度に怒って、五英を連れていってしまったんだと思う。――でも、まだこの家に妖人がいるなら、僕は……」

総角の顔が曇る。

そこでざくろは、伸ばした指でうつむく総角の額をぱちん！　と弾《はじ》いた。

「イテッ」

「アンタ、ほんっとうにバカね！」

思わずざくろは罵《ののし》った。

だが、総角はさっぱりわかっていないようだった。

＊

「五英！　五英！」

ふいにざくろが、部屋の中に向かって呼びかけた。

「ざくろくん！　だから五英はもう」

「五英！」

「ざくろくん！」

「いるのよ！」

ざくろは振り返った。その言葉に総角は戸惑う。

「五英はいるのよ。――ずっといたのよ、この家に」

「……何を、言ってるんだ、ざくろくん……」

総角は声を震わせた。

灯りのない部屋の中、かすかに猫の鳴き声が響く。

――……ニャーン。

同時に、ちりん、と鈴の音がした。

「……っ」

総角は、怪異を察して息を詰めた。

何が起きているのかはさっぱりわからない。怖《おそ》ろしいが、……本当に五英が、いるというなら。

「五英」

す、とざくろがその場にしゃがみ込んだ。足もとの、何もいないはずの空間に、そっと手を伸ばす。

「見せておあげ」

ニャー……と、鳴き声が、した。

再び、ザアッと風がふいて、カーテンの裾が高くまで上がる。

「……っ」

総角は思わず、乱れた髪を押さえた。はためくカーテンに、思わず目をつむる。

風がやんで、目をあけると、――そこには。

「え……」

人形にも見える、……だが異相の、小さな姿。

着物を纏ってはいるが、明らかに人間ではない。

「こ、この妖人……！」

思わず総角は、ざくろの後ろに隠れた。

「これが五英よ」

ざくろも慣れたもので、呆れも怒りもしない。

「え、……」

「猫又になっていたの。あなたが大事にしてあげたから」

見上げるその小さな姿は、異形だが、異形なりに愛らしい。つぶらな猫目、鼻面、口、そして頭頂についた耳。

「……これが、五英……」

総角の声に応えるかのように、ニャア、と五英が鳴く。

総角は目を瞠った。

「——五英……?」

総角は、そっと膝をついた。

恐る恐る、手を伸ばす。

小さな体は、抱き上げても抵抗しなかった。

くたくたとした手ざわりと、尻から延びた二本のしっぽのふわふわさ。

「五英だ、五英の声だ。五英、……五英……!」

五英の小さな体を、総角は撫でさすった。——あたたかい。

寒い夜には、寝床に入ってきた。もふもふの、大好きだった猫。

ちいさなぬくもりに、怖がりの総角はどれほど慰められただろう。

「ごめん、五英。怖がったりしてごめん。本当に、ごめんね……」

きゅっ、と抱きしめると、ニャア、と五英は鳴いた。

その声は、うれしそうだった。

少なくとも、総角にはそう聞こえた。

＊

次の瞬間、総角の両手から、五英はフッと消えてしまう。

「あっ⁉　五英⁉」

総角は焦ったようにあたりを見回した。

「だいじょうぶ、また猫の姿に戻っただけ。長くは変化してられないの。五英は、今もあなたの足もとにいるわ」

ざくろは落ちついて説明した。

「足もと？」

総角は視線を下に向けるが、ざくろにはまだはっきり見えている五英の姿を捉《とら》えられず、きょろきょろする。

「猫又は、猫の姿をしているときは、人間には見えなくなってしまうのよ」

そう言ってから、ざくろはちらりと思い出す。

パンのかけらを、卓の下の猫にあげていた、組子。

彼女は明らかに五英を『見』て、いた。

「まァ、希《まれ》に見えてる人間もいるみたいだけど」

「……？」

思わせぶりなざくろの言葉に、総角は首をかしげる。

ざくろはそれへ、微笑みかけた。

「たとえ見えなくても、五英はいるわよ。――この家に、ずっと」

射し込んだ月のあかりが、ざくろを照らす。

眩《まぶ》しげにざくろを見上げていた総角が、すっと立ち上がった。

近づく総角を、ざくろはじっと見上げる。

総角は手を伸ばすと、そっとざくろの指先に触れた。

ぴく、と反射的にざくろの指が震える。

やがて総角の手は、そっとざくろの手を包み込んだ。

「ありがとう」

総角の感謝が、指先から、そして言葉で、ざくろに伝わってくる。

あたたかい感触が心地よくて、ざくろは思わず微笑んだ。

「ありがとう、ざくろくん」

――月のあかりが、ふたりを照らす。

「ねえ。――馬車の準備ができるまで、中にいてもいいんじゃない？」

玄関先で、ざくろは言った。

「……父さんと、顔を合わせないようにと、思って」

ざくろはやれやれと肩をすくめた。

「で？ わたしをここに連れてきた理由、結局よくわからないんだけど」

「………」

問うと、総角はうつむいてしまった。

だが、覚悟を決めたように、総角は白状する。

「いや、父さんがあの通りの人なんで、……苦手で」

「苦手で、って……それだけ!?」

ざくろはまばたく。

「はい……」

「何よ、どんだけヘタレなのアンタ！」

思わず声を荒げた。

つまり自分は楯のように使われたわけだ。

「ハハハ、ごもっともで……」

乾いた笑いが気に障《さわ》る。

「もー！」

「それと」

ふいに、総角の語調が変わった。

ゆっくりと、総角の顔がざくろに向けられる。

「僕の父親があああいう人だと、君に知っておいてほしかったんだ。──幻滅されると思ったけど、隠しておきたくなかった」

総角は、ひどく真剣な目をしていた。

ざくろはその瞳に魅入《みい》られる。

取り繕った総角より、今の彼のほうが、よほど、……。

「君は、僕のパートナーだから」

ざくろは一瞬、意味が理解できなかった。

だが、頭がその言葉を認識すると同時に、顔に血がのぼる。

「な……、あ……」

いつものように何か言ってやりたかったが、何も思いつかない。というより、舌が貼りついてしまって、言葉が紡ぎ出せなかった。

そうこうしていると、タエが現れた。

「ぼっちゃま」

総角がタエに向き直ったので、ざくろは赤くなった顔を背け、冷ますために手でぱたぱたと扇いだ。

「タエ」

「どうしたの。見送りはいいと、皆に言ったのに」

「こんなにすぐにお帰りだなんて」

「また顔を見せにくるよ」

「きっと、きっとですよ」

必死なタエに対して、総角はいつもと変わらない。それを見てもざくろには昨日のようないらつきはなかった。それより、総角がこのやりとりをごくふつうに行っているのがたちが悪いと思った。天然の、たらしというやつだ。

「ざくろさん」

そんなことを考えていると、聞きおぼえのない声に呼ばれた。

「え？　あ……！」

ぼんやりしていたので反応が遅れる。

慌てて振り向くと、玄関口、階段の最上段に立っていたのは総角の母だった。

「エエト！　ご機嫌麗しゅうございます、奥様」

ざくろが頭を下げると、夫人は、ふふ、と笑った。

「いいのよ、そんなにかしこまらなくて。あのね、——ざくろさんに、これを」

そう言いながら、夫人は階段を降りてくる。

そっと手を差し出され、ざくろは反射的にそれを受け取った。

「これ、は……？」

手に置かれたのは、濃紺の七宝の台座に、大きな紫水晶と、その下に翠《みどり》色と澄んだ無色の輝石が埋め込まれた首飾りだった。金鎖で首から下げられるようになっている。

「わたくしが少女時代にしていたものですけど、よろしかったら」

「そんな！　わたし、こんな大層なものをいただくわけには」

さすがにざくろも驚いた。初めて会ったばかりの相手だというのに、そんな大切なものを渡そうとするなんて。

だが、夫人はそっと手を伸ばすと、口もとに手を当て、ざくろにひそりと囁いた。

「妖人のかたでも、こういうものはなさるでしょ？」

ざくろは、え、と夫人を見つめる。

夫人はそれへ、にっこりと笑みを返した。

「景が無理を言って、ざくろさんを同行させたんでしょう？ ――ごめんなさいね」

さすがは母親だ。夫人はすべて、見抜いていたのだ。

「だけど、あなたといるときの景は、とても楽しそうだったから、安心しました」

ざくろはただただ、不思議な感覚を味わいながら、夫人を見つめる。

彼女の慈しみが、自分でも不思議になるくらい、強く感じられた。

「あんなふうに肩の力を抜いた景を見たのは、ひさしぶり。……これもみんな、あなたのおかげね」

やさしい声は、いとおしむような響きを孕《はら》んでいて。

……これが母親か、と、ざくろはなんだか、あたたかいような、悲しいような気持ちになった。

御者《ぎょしゃ》が勢いよく手綱《たづな》を鳴らすと、馬車がゆっくりと駆け出す。

ざくろと総角は振り返って、玄関先に立つ夫人とタエに手を振った。

やがて馬車は門をくぐり、外へ出た。

「アンタの家族、ホントに凄いわ」

ふう、とざくろは息を吐く。

「ん？ 父さんのこと？」

「違うわよ」

「え？」

総角は首をかしげている。

この男が、自分の家族の本当のすごさに気づくのは、いつだろう？

「でも、来てよかった、かも」

ざくろは、清々《すがすが》しい風を浴びながら、そう告げた。


去っていく兄の乗った馬車を、組子は二階から眺めた。

傍らには、猫がいる。首輪代わりのリボンには、鈴が下がっていた。

「よかったね、五英」

組子は猫を撫でた。

猫が、ニャーとうなずくように鳴いた。

あとがき

初めましての方が多いと思います。こんにちは、揚羽千景と申します。

このたびは、星野リリィ先生の作品『おとめ妖怪 ざくろ』のノベライズをさせていただき、誠にありがとうございました。

普段は別名義でライトノベルを書いているのですが、そちらでは『とてもよくできた女の子主人公が周囲の複数の男前にちやほやされる話』か『弱々しいヘタレた少年主人公があらゆるタイプの美少女にもてまくる話』を書いておりますので、今回のお仕事は新鮮な気持ちで取りかかることができ、とても楽しかったです。

主人公ざくろの清々しさと、凜々しさ、総角に対するツンデレっぷり。少女小説ではこのような主人公は今は絶滅の危機に瀕しています。また、何より楽しかったのは、他にも薄蛍、雪洞と鬼灯というように、少女主人公でありながら他にも違うタイプの可愛い女の子も書けたことです。これまた、従来の少女小説ではありえなくなってきています。

それと、ざくろと対をなす総角のヘタレっぷり、それでいて格好良いところが素敵で、ざくろとのシーンはウキウキしながら書かせていただきました。もちろん、芳野葛、花桐も、個性があり、それぞれのパートナーへの気遣いが、読み返すたびに溜息が漏れるほどです。

この三組の織りなす心のふれあいや、舞台になった時代、妖人などの原作の世界観を伝えようと思いながら、書きました。少しでもそれらが伝わり、お楽しみいただけるとうれしいです。

ところでこの本は、マンガを基にしたノベライズです。できるだけ原作に忠実に描き起こしたつもりですが、マンガと小説という手法の差があり、表現方法が変わってくるため、書き手であるわたしなりの脚色が入っています。その点は、たいへん申しわけありませんがご了承いただけるとうれしいです。

万が一、原作及びアニメをご存じないままこの本をお読みになった方がいらしたら、微力ながら、原作やアニメへ興味をお持ちいただくきっかけになればと思います。

このノベライズに携われたことを、原作者の星野リリィ先生をはじめとする関係者の皆様に感謝しつつ、次巻『おとめ妖怪　ざくろ　～紺碧の章～』でお会いできますように、ひとまず筆を置かせていただきます。

ありがとうございました。

揚羽千景

ノベライズ第二弾!!
表紙イラストは星野リリィ描き下ろし
おとめ妖怪
ざくろ
～紺碧《こんぺき》の章～
小説 揚羽千景
原作 星野リリィ
2011年2月末発売予定
◎新書判　◎予価898円（本体予価855円）

おとめ妖怪 ざくろ ～真赭《まそほ》の章～

この本を読んでのご意見・ご感想を
下記の住所までお寄せ下さい。

〒151-0051　東京都渋谷区千駄ヶ谷4-9-7
幻冬舎コミックス
「揚羽千景 先生」係
「星野リリィ 先生」係

バーズ ノベルス
おとめ妖怪 ざくろ ～真赭《まそほ》の章～
2010年12月31日　第1刷発行

著者
揚羽《あげは》千景《ちかげ》
星野《ほしの》リリィ

発行人
伊藤嘉彦

発行元
株式会社 幻冬舎コミックス
〒151-0051　東京都渋谷区千駄ヶ谷4-9-7
電話　03-5411-6436(編集)

発売元
株式会社 幻冬舎
〒151-0051　東京都渋谷区千駄ヶ谷4-9-7
電話　03-5411-6222(営業)
振替　00120-8-767643

印刷・製本所
株式会社 光邦

検印廃止
万一、落丁乱丁のある場合は送料当社負担でお取替え致します。幻冬舎宛にお送りください。本書の一部あるいは全部を無断で複写複製することは、法律で認められた場合を除き、著作権の侵害となります。定価はカバーに表示してあります。
本作品はフィクションです。実在の人物・団体・事件などには関係ありません。

©AGEHA CHIKAGE, HOSHINO LILY, GENTOSHA COMICS 2010

ISBN978-4-344-82092-0　C0293　Printed in Japan

幻冬舎コミックスホームページ　http://www.gentosha-comics.net